散文的气质

孙牧青 著

河南大学出版社
·郑州·

图书在版编目(CIP)数据

散文的气质/孙牧青著. --郑州：河南大学出版社,2023.1
 ISBN 978-7-5649-5401-7

Ⅰ.①散… Ⅱ.①孙… Ⅲ.① Ⅳ.①散文-文学研究-中国-当代 Ⅳ.①I207.67

中国版本图书馆 CIP 数据核字(2023)第 007708 号

责任编辑	程新晓
责任校对	韩　露
封面设计	翟淼淼
出版发行	河南大学出版社
地址	郑州市郑东新区商务外环中华大厦2401号　邮编:450046
电话	0371-86059701(营销部)　网址:hupress.henu.edu.cn
排　版	河南大学出版社设计排版部
印　刷	河南瑞之光印刷股份有限公司
版　次	2023年1月第1版　印次　2023年1月第1次印刷
开　本	890 mm×1240 mm　1/32　印张　8
字　数	143千字　定价　40.00元

版权所有·侵权必究
本书如有印装质量问题,请与河南大学出版社营销部联系调换。

前　言

时光如流水,过去的永远过去了。

文字是时间的脚印,向岁月致敬。在网络信息化的时代,我依然相信文字印刷的功能,那些日积月累的心血之作,若没有被印在纸上,有一天可能会找不到了。

文学,它承载了太多的东西——文化价值、精神哲学、艺术审美、人间江湖……优秀的文学作品,无疑是生活的圣经。不同的阅读者可以从中找到情感共鸣。从优秀的文学作品中汲取生活的哲学与语言审美体验,不枯燥。这或许是文学最大的魅力。

我个人在阅读上,不太喜欢看名作家的东西,喜欢到网上自由驰骋,发现那些潜藏在民间的世外高人。在近十年间的阅读中,即兴式地先后写过几十篇的诗歌、散文、小说、电影评论,每一位作者皆很认同。如散文家嘎玛丹增、高艳、傅菲,诗人兼散文家宋烈毅等,有许多后来都成了散文界的大咖。

时过境迁,时间携带着那些昙花一现的灵感,稍纵即逝,无论是深夜还是早晨,你必须马上抓住它。对文学评论而言,也需要灵感,如果作品没有打动你,你是无论如何也挤不出来的。

　　文学评论,不必写那么长。最可怕的是把文学评论写成了学术论文。

目 录

第一编 当代散文写作浅识

1　散文的精神气质//3

2　文学的真实与谎言//6

3　散文写作的几种通病//13

4　文学不仅仅是讲故事//14

5　散文的新与旧//17

6　语言的味道//20

7　第八届茅盾文学奖之我见//23

8　一个作家最需要的是安静//25

9　关于小品文的写作//29

10　作家该怎么活//31

11　文学自身的魅力有多重要？//33

12 也说散文的个性化写作//35

13 大众散文与小众散文//38

14 为文要有新意//40

15 关于山水散文写作的几点浅见//42

16 散文是对生命的感悟//44

17 文学大奖应有的感染力与号召力//48

18 文学的长与短//51

19 再谈汉语言的节奏美//53

20 文章憎命达//55

21 青春文学需要传统文学的根基//58

22 大学文学院为什么很难造就出像模像样的作家//60

23 一位写作者的人生选择//62

24 当下散文的大幸与大不幸//66

25 作家永远是靠作品说话的//70

26 文学要有打动人心的力量//73

27 写给文学爱好者//75

28 再谈优秀散文应具备的质地//79

29 散文写作六忌//82

30 也谈读书与写作//84

31 不要热衷于发表、出书与炒作//88

32 深藏在汉语言里的秘密//90

33　生活的气息//93

34　文学作品的感知与判断//95

35　散文应该是美文//97

36　再议散文写作的精神高度//100

37　再论散文创作的叙述与精神指向//102

38　再谈文学的担当//104

39　试论散文的时代性及其他//107

第二编　美文赏析

1　嘎玛丹增和他的地理散文//113

2　凝重而唯美的精神抒写——也谈高艳的散文《黑龙江上》//116

3　再谈如荷的散文写作//119

4　那些飘逝的腊月//121

5　文学应该有新的叙述方式——读马宁诗歌有感//126

6　伴着泪水读江南的那些文字——简评湖北襄阳籍散文作家江南的散文《流年》//132

7　欣赏一篇山水美文——简评丰灵散文《汤家岗》//135

8　古人写的诗与今人写的诗有何差别//137

9　有感于《美丽南湾湖》征文//139

10 美学星空中的另一颗璀璨明珠——读胡小胡的美学著作《艺术的价值》有感//141

11 一次难得公正的文学征文大赛——感动于江南获奖//145

12 呈现在散文中的忧世情怀——兼谈闵顺柱的散文《天柱山之行》//149

13 唐晓芙为什么果断地拒绝了方鸿渐//153

14 先锋散文作家宋烈毅作品赏析//157

15 读傅菲的散文//160

16 名篇欣赏:《我怀念》//163

17 把琐碎写成美文也是一种能力——兼议女性作家的散文写作//165

18 关于《美学概论》//169

19 不老的《围城》//171

20 论电影《危险关系》的危害//174

21 看电影《白鹿原》//177

22 发现湖北襄阳散文作家江南//179

23 暂时流水当今世,随处春山是故人//182

24 初读小说《生命册》//184

25 请把欲望放下//187

26 圭子小说中的小城女子//189

27 古诗词·国画·书法//192

28 再读《边城》有感//195

29 王剑冰先生//198

30 文学守护人廖华歌//202

31 把故土永远扛在肩上——记南阳籍著名作家周大新//206

32 初识中原诗人毅剑//211

33 再读《羊的门》//213

34 读铁凝的《伊琳娜的礼帽》//215

35 也谈西野的杂文//217

36 行走在真实的心灵上——读江南秋水诗文感言//220

37 李佩甫先生//223

38 认知意义与价值意义——读马新朝《驻村札记》有感//228

时光后记——新作《散文的气质》出版之感言//235

第一编　当代散文写作浅识

1　散文的精神气质

　　过于私密的日常叙述可能让散文沦落为一种无价值的写作。散文不可以堕落到一种记录或讲故事的随意涂鸦。它应该有更新鲜、更饱满、更丰盈的精神抒写与精神指向，在文本与语言上要有创新，不能模式化与小说化。散文的语言应该有自己独特的气质。

　　身为小说家的刘醒龙，他写的万字散文《抱着父亲回故乡》，在语言上超过了他所有的小说。其语言的节奏感与张力，均非他的小说可比。独特的文本与娴熟的结构技巧浑然一体。可以说，是当代散文不可多得的典范之作。

　　散文发展到今天，它抒写的疆域似乎仍然在知性与智性的写作，还有一种是纯美学意义上的唯美抒写。如何选择独特的生活经验与生命体验？如何在一篇散文中确立观照当下的现代人文精神情怀？如何建立一种正确的伦理道德价值观?

精神信仰应该是所有写作者的出发点。即人类任凭生活是多么地恓惶与无奈,我们依然在追求美好,追求真实、自由、平等的幸福生活。在这趟人生之旅中,有欢乐与苦涩,犹豫与怀疑,忧伤与孤独,也有温暖与泪水。人生与悲苦同在,人生与幸福同在。

能引起读者精神共鸣的是我们共同的价值观与共同的情感。路遥的《平凡的世界》是那样地打动人心,他用一个平民的眼光打量着人类恓惶的世界,用诚挚善良的眼神在寻找美,寻找希望与力量。这部小说之所以堪称伟大,原因即在于此。

散文的美学价值与道义价值,始终是并存的。但它首先是文学性的,这是散文不能苟合于新闻体的直白与学术体的僵硬之重要特征。

艺术的审美判断有两个最基本的特征,即氛围与技巧。鲁迅的作品之所以永远也不过时,原因即在于此。散文的氛围是由风格统一的语言气息所决定的,而语言气息又是由作者几十年如一日的长期阅读与重点阅读所熏陶内化而成的。比如孙甘露、宋烈毅的散文,那种独特的叙述方式与语言气息,唯美到令你沉默良久。

有人动不动就提语言的陌生化,怎么陌生化?这基本上是木已成舟的事。更年轻的作者"80后"与"90后"可以尝试选择性阅读,眼光不要只盯着中国文学,眼界不要仅限于文学类的书籍。文学始终无法摆脱政治、经济、文化与社会的变革。

总之,不能把散文搞得蓬头垢面,更不可以搞得面目全非。

以上是我对散文写作的几点粗浅认识与体会,欢迎各位老师与同好批评指教。

注:此文是2017年12月21日在河南省散文年会上的发言稿。

2 文学的真实与谎言

文学作品能吸引读者耐心读下去的原因有多种,读者大致可分为两类,一类是一般的读者,一类是有志于文学的写作者。

中国的小说,我更喜欢《水浒传》。抛开道义上的纠葛,单从文学自身的审美上来看,《水浒传》的语言是有节奏的语言,施耐庵只寥寥几笔就勾勒出情景与氛围。而后来的作家一再漠视传统,把中国传统的东西抛弃得一干二净。鲁迅、陈忠实、王跃文等这些作家,他们有对传统的深刻继承,亦有对外国文学的适当借鉴。中国小说普遍存在的问题是,只是写日常中的种种故事,种种故事中的人与事,却没有作家自己的主流文化意识、历史意识与公共价值理念。如果没有强悍的主体意识的介入,那么小说就是故事会!无论是在《复活》,还是在《简·爱》《悲惨世界》《平凡的世界》《白鹿原》《羊的门》中，这种主体意识都非常明显。小说写的是人类的精神生活，而这种精神生活的高度来源于作家对社会政治历史与道德伦理等的深层次思考，这中间涉及作家本人的感性、知性与智性。作家写得很优雅，很有美感，尤其是对许多场面的呈现与描写。比如，作家胡小胡当年写的《蓝城》，中间有许多知性的部分——建筑、音乐、绘画、足球、美食、人际交往的礼节与谈吐等。这些不是一般的作家可以写得出来的。

文学的立足点是什么呢？是知人论世。知人论世讲的其实是作者丰富的精神资源与对人类思想价值及自由主义理想的瞭望。用雅克·勒戈夫的话来讲，就是"在理性的后面有对正义的激情，在科学的背后有对真理的渴望，在批判的背后有对美好事物的憧憬"。否则，文学将会沦为讲故事的口水白话体。

如果文学作品在精神上已不再以感动人心、摧人泪下为至高至上的追求，在语言审美上彻底地抛弃了传统文学音韵节奏之美的艺术追求，那么，谁还去读文学作品呢？

湖南有位"90后"的作家，叫玉珍，她写了一篇散文《我与星辰》，一触目，读者就被抓住了眼球。这是一位才华横溢的"90后"，第一章写黑夜与星星，细密，幽深，绵长。她竟可以把黑夜写得那么美。黑夜是看不见的空洞之物，能一口气写那么长，不得了。所谓"文眼"，指的是什么？就是你写的东西,其中的某些章节,会让读者铭记一生。如李汉荣的《菊儿》,筱敏的《山峦》,史铁生的《秋天的怀念》,王剑冰的《水墨周庄》,刘醒龙的《抱着父亲回故乡》,宋烈毅的《拆迁》,钱锺书的《围城》,陈忠实的《悼路遥》,孙甘露的《少年酒坛子》,李佩甫的《羊的门》,等等。

文学到最后会变成一块玉,这块玉是可以随身携带,并反复把玩、观瞻的。

钱锺书在世时,最烦人们谈诗歌的意义。有人可能立即会反唇相讥:"老钱懂诗歌吗?"

是的,老钱哪里懂诗歌呢?只怕你压根儿就读不懂《谈艺录》与《管锥编》!

一般能写出黄钟大吕之作的作家,多半对文学理论,对政治历史,对人类学与现实社会等很多方面都有深刻的认识。如路遥、陈忠实、李佩甫等作家。用李建军先生的话说:"你的主体意识在哪里?如果对人类公共价值与人类精神价值没有深刻的认识与体悟,那么,创作就是一句空话。你准备写什么?怎么写?"

如果说钱锺书只会埋头做学问,《围城》难道仅仅只是语言的盛宴吗?

新疆文学评论家何英女士曾尖锐有力地批判了文学评论界的"评论过剩"现象,尤其是一些学院派。他们从西方文学理论那里死记硬背了许多花里胡哨的时髦词语,什么"陌生化"呀,什么"消解"呀,什么"精神历史的碎片"呀,等等。模式化,概念化,学术论文化,毫无文采可言,甚至有的评论家在引用或概述作者的语言时,竟是文不对题。估计连评论家自己都不知道他今天又说了什么胡话!

如何阐释与解读文本?

思想容量,文本结构,语言艺术。无非是这三个方面。

评论可以文无定法,但不可以废话一大堆。如果没有评论家个人的独特发现与见解创新,那么他的评论什么也不是!

在当代文学评论界,让我最折服的文学评论家,就是李建军。他几十年如一日地一直在讲真话,从不顾忌什么。他写的文学评论,不僵硬,很少引用别人的东西,而且语言极其生动形象。他的阅读量非常之大,是我等望尘莫及的。

这个世界不是缺乏美,而是美被丑给屏蔽掉了。有些文学评论家,一手拿矛,一手执盾,一时说他的矛如何锋利,无坚不摧,一时又说他的盾如何坚固,世界上没有什么东西可以戳穿它!

散文的美感,即文学性。它首先体现在语言的精神气质上,汉语言是有音韵节奏的,如何选择营造一种契合于叙述格调的语境,这一点十分重要。鲁迅可谓是这方面的楷模。《灌河的水声》是一篇浸透于抑郁与忧伤的散文,所有的叙述要服从于这种情绪。

散文最忌的是报纸语言,更忌大白话叙述。

写长篇小说的人都知道文体结构对一部小说该有多么重要。那么,作为几千字或上万字的散文,要不要精心构架呢?

当然需要。

《灌河的水声》叙述的是我从少年一直到职场生涯,到后来踏入社会中间的往事,时间跨度四十余年。在散文写作中,最忌生硬的转折,如"那年……然而,让我想起了另一件事,勾起了……"之类的语言句式。因为散文是美文,它与随笔、杂文、时评、论文、说明文、序跋、报告文学、通讯消息等是有差别的。最重要的是散文有浓郁的情感,有非常强的文学性。结构精巧,在叙述中有写景,要写得情景交融,让读者读着不压抑,亦不觉得干枯僵硬。

并不是所有的事情皆可以入文,选材要精而独特。《灌河的水声》写的是故乡,但侧重于写人,既然有人,必然有事。如果单纯地写灌河,写故乡的山水,文章就写空了。如何把实与虚结合好,这是提前必备的功课,一定要酝酿成熟,甚至包括如何开头与结尾都要考虑进去。只待喷薄欲出的那个瞬间的出现(即产生灵感),要一气呵成,否则气一断,再勉强"挤牙膏",文章的气息就不统一了。

李汉荣的《菊儿》、史铁生的《秋天的怀念》、刘醒龙的《抱着父亲回故乡》、嘎玛丹增的《乡医刘汝北》、土家野夫的《江上的母亲》等都堪称新时期记叙散文的精品杰作。

有人说,为什么在中学课本中,散文占了三分之二还多的篇幅,怎么不拿下来些,给小说、诗歌也腾腾地方?

散文有那么牛气吗?

从老子、庄子到孔子、孟子,再到韩愈、柳宗元,他们都是一代散文大家。散文属于非虚构文学,它抒写的是人类最值得珍视的精神情感与对生命的感悟,它在一定意义上依然承载着春风化雨滋润心灵的担当。所以,语文老师就不能单纯地教字词语言文章,释道解惑、知人论世、教书育人是一体的。

诗歌审美价值的流变,从三千年前的《诗经》到晚唐的李商隐,这中间横跨了近两千年,诗歌由叙述体转身到追求诗歌语言的意象通感。那么,我们大致可得出这样的一个结论:诗歌摆脱了时代性,后来者也只是继承与发展,并没有超越。

李商隐可谓是一位现代诗人,如:"星沉海底当窗见,雨过河源隔座看。""春心莫共花争发,一寸相思一寸灰。""相见时难别亦难,东风无力百花残。"这些诗句给人以无穷的想象。经典可以跨越时空,流传千古。

小说亦如此。小说首先要读着有趣,其次才是别的。

到了中国现代文学,诗歌大致经历了三个时期,从徐志摩、戴望舒与穆旦,到二十世纪九十年代的顾城、贺东久、许德民、傅天琳、苏金伞、马新朝等，再到今天的罗门、北岛、翟永明、张枣等。时代特征比较明显。我们现在再回过头去读徐志摩的诗，几乎不能看了。中间亦曾出现了许多朗诵体，它们就像报告文学与新闻时评，不值一提。

从张枣的诗歌看，张枣好像并不怎么着力于诗歌本身（即语言）的修辞，并没有更多地倾心于意象，而是更着眼于经营情景。这类的诗歌亦不在少数。它们的弊端在于没有"诗眼"，读者在读的时候只是记住了诗人写的是个什么事。

在这里，我举一位无名诗人的一首小诗，中间有这样的诗句：

你就是我的小葱拌豆腐，
我想一笔一画地吃了你！

尽管很白，有似口语的打油诗，但它很"烫眼"。

诗歌欣赏是一种高难度的文学欣赏，诗歌真可谓是小众文学。同一首诗，不同的读者可以读出不同的感受。但归根结底，诗情、诗心、诗意与诗艺，均不可少。从表面上看，诗歌既遵守日常又反日常，它既遵守修辞又反修辞，它既遵守逻辑又反逻辑。它在表达手法上有跳跃，并追求语言的多歧性与陌生化。其实，诗歌也无一例外地必须尊重语法的修辞与内在的语言逻辑，它只是打破了惯常的表达。

（2018年9月15日）

3　散文写作的几种通病

一、文体意识的缺乏。在人人皆是最好的时代,其实这是一种严重的自恋心理,或狂妄自大的心理在作怪。最具代表性的流行语是:"我是最独特的,我谁也不欣赏,我就是最好的!"古人说:"三人行,必有我师焉。"现在,这种谦虚的美德几近绝种了!

在自媒体时代,每天都有铺天盖地的文章,更多的却是生活的流水账。

二、以泛滥的抒情取代情景的抒写。比如,一篇游记(也可以是美文),作为一个没有去过此地的读者,你很难在文章中理清时空线索,甚至其文内在的叙述逻辑也没有。古人写文章无不讲究情景交融、情因景(境)生。

三、还在为写景而写景。有的文字,你猛地一读,觉得作者很有才华,但一经读过,很快就忘掉了。原因是,作者不善于借景写人或写事。

四、题材不新鲜。"嚼"别人"吃过"的东西或写新闻资讯的旧闻，缺乏作者独有的生活发见与独有的生命体验，甚至是一种反人类文明进步的错误命题。

五、过于追求陌生化的写作。事实不清，让读者与生活产生了隔膜。这种写作，其实在很大程度上是由于作者对生活的阅历不足，对生活、对人性缺乏真正的了解与理解。比如，写政治生态的小说，看到最后，你不得不承认，是王跃文写的最好。他有贴近现实生活的体验，而且他也具备这种语言与艺术的呈现能力。

六、语言不过关。首先，不要说语言节奏与氛围了，单是语法结构，可以毫不客气地说，有许多作家与学者教授在语言逻辑与语法上存在着语病。"60后"与"70后"在这方面存在的问题相对要少得多。"40后"以及之前的写作者就更没问题了，像鲁迅、钱钟书等。你拿放大镜，也很难在他们的文章中挑出什么毛病。

七、无厘头写作。现在有许多年轻人专写这类东西毒害青少年。没有年代，没有时代背景，无涉历史，也无涉现实，更无涉伦理道德与人性正义，所谓的玄幻与武侠文均属这一类。孩子读书，一定要在父母的引导之下，有选择地阅读，多读世界经典名著。不要读被说书人或主持人演绎过的历史故事。

（2018年7月7日）

4 文学不仅仅是讲故事

德国汉语文学家顾彬先生说:"文学是为语言、为艺术、为美育而服务的。"

路遥的语言尽管没有贾平凹的意韵深长,但它能满足表达的需求。文学最难的,肯定是如何表达,如何把壶里的饺子倒出来。顾彬还说,当代文学已不是在讲故事,二战以来已不再时兴讲故事了,而是小说揭示了什么。这个人忽然跳楼了,他为什么跳楼?自我心灵的困惑?社会的挤压?是什么让他活不下去了?

他还说,小说没必要写那么长,亦没必要出现那么多的人物……

顾彬说的那些话,为什么会句句入心呢?

如果路遥不具备文学的表达能力与表现手段,他的小说肯定打动不了读者。只有用艺术的手段来呈现生活与生命的苦难,才有感染力与震撼力。语言既是手段,也是形式。思想即内容。

顾彬接着说,如果小说都是生活中的故事,我们毋宁跑到网上去浏览,天天都有精彩的故事!

当文学(主要是小说与散文)已无力回应这个丰富多彩的时代,已无力回应这个世界生命丰富多彩的情状与丰富多彩并复杂的心灵诉求,无法站在时代的文化思想哲学的制高点上反省自身……写作的意义何在?

文学批评亦如此。它不是学者的学术论文,仅仅从学理上去解读作品,它需要评论家付出热情,付出情感,用一颗心去贴近另一颗心(作者),而不仅仅限于作品的解读与道德的评判。我们的审美判断与审美能力在哪里?我们的评判依据在哪里?……

(2016年7月12日)

5　散文的新与旧

现在谁若说散文如何写,似乎都是多余的。由于散文欣赏长期处于空白的状态,更多的读者并不清楚什么是好散文,什么是糟散文。那些僵尸一样重说教的新闻体散文、日记体散文、材料型散文、说明文类的散文、大白话口水类散文,以及泛滥成灾的心灵鸡汤……严重败坏了读者的胃口,严重扰乱了纯散文清正的本色。名目繁多的芜杂写作,再次覆盖了优雅文学的阵地。

文学的复兴,是人类圣洁精神的苏醒,是人类美育教养的再塑。文学的宗旨在于用一种潜移默化的力量来拯救人类的灵魂,唤起人类与生俱来的向善之心、慈悲之心、唯美之心。文学的力量,还在于对心灵的抚慰,它是生命的另一种依靠。

当年的西南联大,沈从文在那里教授现代文学,教汪曾祺如何写小说,是不是也属于"瞎子点灯白费蜡"呢?我想说的是,文学编辑(包括报纸副刊编辑)可能在某些程度上充当了无数文学爱好者的启蒙老师与啄木鸟。编辑每天阅稿无数,纵然可能眼高手低,自己不会写,但久炼成精,眼力还是有的。三十多年前,有人问《人民日报》的老编辑赵家璧先生:"您认为,自'五四'新文学以来,哪几部长篇小说最好?"老先生说:"《围城》、《寒夜》、《四世同堂》、《结婚》(注:河南开封籍作家师陀著)。"我那时读了《围城》与《寒夜》,没让我失望。后来看沈从文与徐志摩、戴望舒等人的书,则是缘于海外汉学家夏志清先生的力荐。夏志清还推荐过天才小说家张爱玲的书。

能听到真话,很重要。散文该怎样写,文学鉴赏力的培养,首先是对文学语言的修炼。朱以撒先生说,他从来不看外国文学(一经翻译,便走味了),只看古文。作家范强说他对先秦两汉的东西很迷恋,对太史公马迁的《史记》爱不释手,他认为写作水平是可以经过反复的训练得到提高的。现在许多的年轻写手都不再读古文,也读不懂,只会一味地大白话,语言自然就轻了,就浅了,就薄了。汉语言的韵味儿没有了,内在的节奏感没有了,行云流水般的阅读快感没有了,文学的尊严已荡然无存。读者看了,这就是某作家写的东西?俺也能写。

如果撇开散文的精神指向,单纯在叙述形式与文体结构上追求所谓的新,可能会使散文变得无法卒读,变成一个空壳子,变成一文不值的羽毛。要让文字附着于生活的感悟,附着于生命的独特体验,附着于忧伤欢愉的情感,附着于文学自身的语言审美……是的,散文应该是丰富多彩的、千姿百态的,它是落地的闲花,它是无声的絮语,它是心系一处、目及四野、神及八荒的自由驰骋。

我的耳边再次响起王剑冰先生那句十分有用的话:"你只管写,只管朝前走。"

注:此文是2016年4月20日在河南省散文年会上的发言。

6 语言的味道

散文家朱以撒说,他现在只读古文。余光中在接受采访时说:"一位作家笔下,如果只能驱遣白话文,那么他的文笔就只有一个'平面'。如果他的文笔里也有文言的墨水,在紧要关头,例如要求简洁、对仗、铿锵、隆重等等,就能召之即来,文言的功力可济白话的松散和浅露。一篇五千字的评论,换了有文言修养的人来写,也许三千字就够了。一篇文章到紧要关头,如能'文白相济',其语言当有立体之感。"在读过许许多多的散文后,我越来越深地喜欢上了朱以撒的文笔。朱先生从古汉语中汲取了丰厚的滋养,他的散文不是那种谁都能写的大白话,也不是那种头重脚轻并故弄玄虚的"美丽盒子"。在我个人的审美指向中,我更喜欢柳青、孙甘露、筱敏、朱以撒与宋烈毅等人的文学语言,准确丰赡的表达力,唯美并富有汉语音韵节奏的内在气息,于日常叙述中不经意的抒情,对现实社会的深刻体悟，对时代文化的忧思洞察。他们的抒写是指向精神的，不刻意于新，也不妥协于旧。形式上的新与旧，又有什么意义呢？

　　对一位饱经世事、精神丰盈的知识分子而言，对一位熟练把玩汉语精髓的写作者而言，即便他随手写下的大白话，也同样拥有汉语言的优雅与文学的气息。文学的尊严早已在泥沙俱下的口语写作中被糟蹋得面目全非，在"70后"之后的所谓文学写作中有的只是叙与议，有的只是一味对文章形式与结构上的东施效颦，有的只是臃肿的一堆无骨虚肉。我们所处的这个时代永远不乏说书人，永远不乏中学生或小学生写的那样的白话文。那些满是语病与油水分离、毫无内在逻辑的叙述却被大言不惭地贴上创新的标签。对文学语言的追求，首先是语言的味道，若把中学语文学好了，又把古文搞透了，语言的味道自然就有了。

　　在写作上要"避熟"，朱以撒在这方面体悟得非常到位。如何在地域性与文学性上找到适合自己的语言是一个容易被忽略的问题。纯文学的写作以后将会越来越难，随着信息分享越来越便捷，可供作家们咀嚼的资讯会越来越少。眼下的写作可能会朝两个方向走：一种是专家学者类的资讯写作，像经济学家吴敬琏、翻译家资中筠那样的文章。还有一类就是纯文学类的写作，它们带给读者的是一种心灵的抚慰与温暖，是文字的审美与精神诉求的水乳交融。时尚与实用写作的价值,着眼于管用或经世致用。而文学写作呢?它滋养的是人的精神与心灵,它可能会走得更远,沉淀成不朽的百年经典。与钱锺书、沈从文同时代的作家,流传下来的真正还能读的文学作品其实并不多。

(2016年4月5日)

7　第八届茅盾文学奖之我见

第八届茅盾文学奖由于采用了评委实名制投票的方式，相对于去年的第五届鲁迅文学奖而言，我个人认为还是客观公正的。但作为汉语言文学长篇小说类的最高奖，从历届的评选来看（首届除外），均有重题材轻语言的倾向，近几届有些获奖作品的语言很粗糙，这样的作品最终只能是文化的快餐，它们是经不住人们反复吟咏的，翻一遍，你就知道小说写的是什么故事，也就不想读第二遍了。至于有人质疑评委是否读完了张炜的《你在高原》（450万字）。试问，评委看一部长篇小说，有必要像小学生那样逐行逐句吗？评选五年一度的茅盾文学奖，不排除通过评选作品这种方式来推出当下最优秀的作家，从这一点上来讲，我们似乎能理解评委们的苦衷。譬如，贾平凹的最好作品当为《废都》，莫言的代表作是《檀香刑》，周大新的代表作是《第二十幕》。由于作家的代表作错过了五年内的评选期(茅奖评的是在此之前五年内,在大陆公开出版发行的长篇小说),所以只好取其次。对河南的作家而言,像李佩甫的《羊的门》与茅盾文学奖无缘地错过。还有山东作协主席张炜,他早就应该获奖的,从他二十几年前写的《古船》(1987年,人民文学出版社)到《九月寓言》,文字老道,技法娴熟,均堪时代的力作。还有湖北实力派作家刘醒龙,他的作品和张炜的一样,作为小说文本,文学性极强,他们不仅仅是在靠故事取胜。刘醒龙的代表作应该是他的《圣天门口》。以文学性见长的这些作品注定将会成为文学长廊的百年经典。

(2015年8月13日)

8　一个作家最需要的是安静

当一种很严肃、很神圣的东西被严重地利益化以后,它将彻底失去它的权威性,它将不再具有广泛的召唤力与影响力。就像一个人,你一旦失去了做人最基本的品质,你就会变成一个另类,一个孤家寡人。其实,那些亵渎自己或亵渎一个集体荣誉与口碑的人是愚蠢的,愚蠢得透顶。人做事情最在乎的是品质,你有了好品质,利益自然就来了。你不想发财都难,你不想成名都难。

我大概有近二十年再没看过文学类的获奖作品,一九九七年至一九九九年那一会儿,我曾读过《国画》、《废都》与《羊的门》。那三本书确实没让我失望。至于散文,从一位作家的整体写作实力来考量,当代散文作家李汉荣有许许多多让人感动的作品。他的作品无论选材、语言,还是叙述方式与结构,都是那样地完美。他的写作达到了相当高的审美境界,不守旧,也不盲目地追新。李汉荣获过什么奖吗?没有。一个都没有!一个作家需要的是安静。有太多的读者识货,也有太多的读者不识货。但我相信广大的文学爱好者还是知道什么样的东西好,什么样的东西不好。靠强行贴标签,只能再次"亵渎"了你自己。

有人活了一辈子,却从来不知道什么是幸福生活。有人一生就喜欢热闹;有人一生只喜欢安静,像钱锺书那样安静地活着。有人数了一辈子的钱,那些挖空心思与奔波疲命得来的大堆纸币,只能把子女娇惯成一个个安逸享受不劳而获的人,真是害己又害人。要授之以渔,非授之以鱼。为生活质量并不高的后半生筹谋太多,就必然削弱你前半生的生活质量。有许多人大概都知道什么是物质消费与生理消费,却很少有人知道什么是精神消费。一个因节俭而习惯于喝劣质酒的人,就一辈子喝劣质酒,这是一个消费观念的问题。

我惊诧于那些忽然涌现出的雨后春笋般的"80后"与"90后"的青年作家,真是时代的荣耀啊。如果说三十岁以前能把诗歌写得文采飞扬,这一点儿也不奇怪。写散文与写小说,都是需要阅历的。很多大作家的经典之作出在其四十岁至五十岁之间。钱锺书在写《围城》时三十八岁,也接近不惑之年。无数的事实反复证明,那些纯属想象的东西,只是一朵牛屎花。牛屎干了,花儿也就谢了,它们断然不具备撼动人心的力量。立足于生活经验之上的想象才有生命力与感染力。

毛主席曾在二十世纪七十年代说过,中国要深挖洞,广积粮,不称霸。毛主席之所以是伟人,他的不凡之处在于他对许许多多的事情有先见之明。就像下象棋的高手,他能看得出你下一步挪哪一个子儿!安庆作家宋烈毅,他写的散文不多,但作品的质量却非常高。年轻作者普遍缺乏的是过硬的语言。单有好题材、好语言或好形式,都算不得好作品。好作品是思想内容与形式的完美结合,在语言气质上要有自己的个性。如果你非要像三国时的祢衡那样,只能夭折了自己的文学天赋。

莫言曾自谦地说:"我只是一位普通的文字工作者。"李佩甫曾自谦地说:"我写的那些东西都是垃圾。"解放军少将周大新与中国作家协会副主席张炜也是十分低调与谦虚的作家,他们的一言一行,都透着生命的本色与做人的尊严。一个人,不管你是什么级别或干什么的,你越是谦虚,就越能聚拢人心与人气;你越是张扬,越是装腔作势与张牙舞爪,好人就离你越远,最后身边剩下的全是一些阿谀奉承的小人!

热爱文学,不为别的,只是为了滋润自己的心灵,并希望把美好带给别人。

(2014 年 8 月 13 日)

9　关于小品文的写作

　　如果谁能把文化随笔写出王小波的那种精神高度,肯定也能跻身思想家的行列。王小波只凭一本薄薄的《精神家园》就让人们永远记住了他。如果有谁再追随其后,即便是文字再有古意,也只是徒具语言的空壳。一篇文章至少要在文意上给人以新鲜感,也就是说,你得有见识。马未都经常也写小品文,他在千字的小品文中常常有他自己对事物的独特见解。

　　小品文应属于随笔类的,它不同于散文、诗歌与小说。后三种文体只追求审美的结果,可以写得很空,也可以写得很实,只要给人审美的感受与体验,就是好作品。

　　我们再来读一下刘醒龙的长篇散文《抱着父亲回家》。这篇散文里似乎没有什么感人的细节,若从其是否感人的角度看,它甚至赶不上李汉荣的那篇千字散文《菊儿》。但刘醒龙的这篇散文是一口气写下来的,大气磅礴,夺人眼球,似惊涛拍岸,似长河奔流,读着很解馋,很带劲。用他自己的话说,新时期的散文写作在叙述与气质上都变了。

那么,小品文要不要变呢?但凡不能与时俱进的东西,迟早都要被自然淘汰出局。刘醒龙是我喜欢的作家,他的小说与散文在写法上,尤其是在语言上,气势恢宏,力道饱满,绝非刻意为之,读来别有气势。现代的小品文如果再沿袭民国的路数,那就叫迂腐。写小品文其实非常难,难在它是以最短的篇幅挑战作者的知识结构、生活智慧与生命境界。梁实秋与林语堂的文字,我相信在当时绝对是没问题的,也绝对是大受读者欢迎的。民国时期的作家真正被现在的读者还买账的,其实也就那么三五个人。

(2014 年 7 月 26 日)

10 作家该怎么活

一个人不管你干啥,首先要能挣来钱养活家庭,但又要生财有道。有人说,我一生下来就是一块写作的料,除了会写东西,百无一用。写作也确乎能算得一个专长,如果放在三十年前,靠投稿吃饭,完全没问题;放在现在却不行,除非有文联或文学院公职(靠著作权版税生活的作家,一个省也就三五个)。按说,能从事文学创作并卓有成就者是属于创造型的人才,但社会的现实很"骨感",搞哲学的,搞经济的,搞书法的,都比搞纯文学的作家们"值钱"。就像是一个分明具备美术天赋的大学生,其父母不愿孩子受穷一生,可能会建议他读环境艺术设计,而不去学国画或油画专业。

搞文学的未必死盯住文学不放,可以把眼光放远一点。譬如,可以看一些经济管理方面的书,可以练习一些实用文体的写作,可以和搞环境艺术或园林艺术的人结合起来搞旅游设计,甚至可以侧向于中医书法与哲学、历史之类。也就是说,你还应该有一个"防身"的第二专业。真要不行了,还可以去教书,体制内进不去,可以单干或合股干。我看社会上有许多人开办各式各样的少儿文体培训班,估计生存绝不会成问题,又自在又舒服,既不看谁的脸色,也不用事事求人。钱锺书尽管是靠小说《围城》名声大噪,但他实际的谋生本领却是英语与文艺欣赏,《毛泽东选集》五卷都是由他领衔翻译成英文的。有许多热血的文学青年像着魔了一样,热衷于到处刷稿子、编书、出书,到最后只能把自己搞得什么都不是。写作要耐得住性子,有十年磨一剑的毅力。那些绣花枕头似的小文章,你就是天天在报纸与杂志上露脸也没用。沈从文50岁转向服饰考古,最后成了这方面了不起的专家。我国最了不起的语言文字专家、汉语拼音方案的主持者与制定者——周有光先生,现在还健在,今年109岁。他50岁由经济学转到语言学,终成一代语言巨擘。

所以,"提升自身文学素养,发展个人多项技能"是文学创作者在文学道路上愈走愈远的不二之选,愿每位作家物质、精神都富足。

(2014年7月11日)

11　文学自身的魅力有多重要?

我朋友闵先生这样评价小说《陆犯焉识》:精神的贫乏,政治的严苛,人与人之间的相互围猎与倾轧,让从民国以来中国知识分子身上仅存的那点华贵与自尊斯文扫地,化为一地的泥污与碎片……

闵先生不是搞文学的,但他却深具艺术的审美眼光与哲学的思辨。如果他搞哲学、政治学、法律金融、伦理文化与艺术鉴赏……我相信,他也能成为中国的哈耶克(Friedrich August von Hayek)。他向我郑重推荐严歌苓的小说《陆犯焉识》。我上网读了几行,看不下去。它有点像剧本,也有点像报告文学甚至民间故事之类。我无法忍受这样的文学作品,因为在我心目中文学作品不是这样的。文学不能仅仅满足于讲故事!我喜欢像梁晓声《这是一片神奇的土地》那样的小说。有环境描写,有情节,并交织着人物的心理描写,有氛围。

整体语言风格统一,凄美悲壮。在中国当代的女性作家中,我个人比较喜欢铁凝的作品(我不认识这位中国文坛的大姐大,她也不知我是谁)。铁凝写的小说像散文,语言丰赡多姿,唯美清丽,而且极有节制。有人写的东西是给大学生或中学生看的,有人写的东西是给成年人看的,铁凝的小说与散文,学生们能读,成年人也能读,作品内容干净、内敛。从写作难度上来讲,创作优秀小说比写剧本或报告文学要难得太多(自我声明:鄙人写不好小说),因为,小说需要对生活进行提炼与加工,它是创作,不是据实的记录或依靠蓝本的改编。

以文学的眼光来看,《陆犯焉识》是一个好剧本,但它不是一部好小说。目前,这样的作品很多,有的甚至还获了奖项。那些越是垃圾的玩意,越是被炒作得厉害。但凡那些网上"炒得发紫"的东西,大多都是泛酸的货色。推荐博文,点击量特高的博客与博文,大多都是背后水军操作的结果。

(2014年7月7日)

12　也说散文的个性化写作

这是一个被无数写作者谈过的话题。任何艺术的发展都需要探讨与交流,甚至争鸣。现在人们都习惯于自说自话,井水不犯河水,也好。

什么叫个性？是不是说有别于他人的东西,都叫有个性的东西？我们在说到个性的时候往往容易忽略散文自身的属性与审美特征。譬如,有人把分明属于短篇小说范畴的东西强行贴上散文的标签,说:"散文也可以虚构!"甚至更有走入另一个极端的旁门左道,把类似于叙述文与新闻调查一样的东西,说成是"某某散文"。

散文越来越不像散文了。如果,散文连其最基本的真实性也被剥夺了,那么散文还是散文吗？

个性化,对一个作家而言,它是一个自然形成的过程,没法模仿。刘庆邦说:"如果你是一位乡土作家,却使用标准化的语言在写作,这是很可笑的事情。"我十分赞成他的说法。其实刘庆邦本人的语言就非常美,有着行云流水般的内在节奏之美。

写作的个性化,首先应该是语言的个性化。即看似具象的抒写,其实又不是。这是一种高难度的写作,在筱敏的散文中可以得到启示。文体是根据内容来的。

在写作题材的选择上,我觉得一位作家的自省意识很重要。一个人精神境界的高低与其特殊的人生经历、阅读视野、艺术视野以及审美认识有关。徐志摩的作品里面有什么吗?什么都没有,但它有生命的气息,有美!在语言唯美性与思想性的取舍上,我个人认为,唯美性是第一位的。如果没有了这个,你尽可以去写论文了!在中国的文坛一直有一个很自私、很奇怪的现象,即每一位作家都将自己的作品作为文学评判的标准。只有干巴巴的如老稻草似的语言的,就说:"散文要有思想性!没有思想性的作品就没有什么意义嘛!"只会记载生活流水账的,就说:"散文要接地气,散文的语言必须质朴,散文要写出真情实感,散文要体现真性情!"(注:后两点是对的)。还有的散文干脆就是应景之作,甲方要我怎么写,我就怎么写,反正我是靠写作挣钱的,至于名声,暂时管不了那么多!

我们无法用一段话来完整地概括新时期散文的基本特

征,但是,我们在追求个性化,在刻意创新的同时,必须遵从散文的基本属性,那就是:生活的真实与情感的真实。

散文更倾向于抒写生命的感受,所以它不是一般的叙述文,也不是论文与说明文,更不是杂文与随笔,它是美文,美文的语言一定要美,充满诗意的语言一定是上乘的语言。

极品的散文一定有行云流水般诗意的语言,并始终有一种情绪与氛围贯穿其中,就像一首语言的交响曲,在其背后潜藏着一种忧伤或甜蜜的情绪,起伏跌宕,你读着感动着。优秀的文学作品一定能引起读者精神上的共鸣与审美体验。或无忧无虑、天真美好的少年时光,或青春无畏、敢揽日月的愤青时代,或赤手闯天下、干活从不惜力的草闯壮年,或披星戴月,小有收获的不惑之年……哪怕你仅仅捕捉住了一个细节,也依然具有打动人心的魔力。譬如:散文作家李汉荣写的千字散文《菊儿》,是那样地打动人心,催人泪下。文学作品一旦抛弃了以感动人心(或陶冶情操)的审美追求,那么,文学也就彻底失去了它存在的社会价值。

注:以上稿子是2014年6月20日在河南省散文年会(在舞钢市二郎山景区召开)上的发言。

13 大众散文与小众散文

读书把简单的事情搞复杂,这是死读书、读死书。我想在这里把事情说简单一点、明白一点。

就像写毛笔字,你说全国有多少书法家?其实从现代到当代,能真正称得上书法家的,又能有几个?

写散文的人现在也蛮多的,比地里的麦子还多,是个高中生都能写。我们不能为了壮大散文写作队伍,就不分水平高低把写作者都吸收到队伍里。你把网张得大大的,照着鱼多的地方,一网下去,可能连个虾也捞不住。

对这件事,没有人愿意拍拍自己的心口窝,问问自己:我是不是误人误己?

作为一件艺术品,如果把审美剥下来,把作品指向内心的精神力量剥下来,我看散文不用有人来写了。要说理,就写时评,写杂文,写随笔,写论文。要击恶扬善、针砭时弊,可以写新闻调查之类。要描绘大千世界的花花草草、山岭河流，我们尽可以写小品文。散文也不是散文诗，散文诗容易写空。

你经常在微信上看到某人转载的散文，说："转疯了，太感人了！"你一读，也就是干巴巴的叙述故事。不是故事本身不感人，而是作者缺乏叙述的艺术与表达的能力。它仅仅是情节的陈述，而没有注意到如何通过调整叙述的节奏，把文章的氛围渲染出来。作者有"好米"，可惜没做出"好饭"！散文的叙述是饱含情感的叙述，是叙述与环境、情节的有机结合。湖北襄阳市保康县的褚金鑫（网名：江南），他就有这个本事！

在文化快餐大行其道的今天，信息资讯、哲学理念、生活理念、生活常识等一切实用的东西，网上全有。如果散文变成了一个人人都能写的大杂烩，请问：还有人读吗？

话说到最后，散文人人都可以写，但有志于写作的诸君不要随便"涂鸦"。如果你写得很糟，内行的人看了：这就是某某写的。

一个真正的写作者永远不可以彻底地被世俗的生活所同化。

（2014年5月29日）

14　为文要有新意

搞写作的人估计大多数都会有这样的感受:写到一定的时候感到素材被挖空了,懒得再动笔,怕倒了读者的胃口,也怕倒了自己的胃口。所以,我们对前人已嚼过的东西,尽量不要再去碰它,包括写作的文本样式。也就是说,你必须写新鲜的东西,不能重复别人的观点或素材。除非你写的是很唯美的东西,它也能流传千古,像匈牙利诗人裴多菲的诗歌《我愿意是急流》、南美诗人聂鲁达的《二十首爱情诗和一支绝望的歌》、徐志摩的《再别康桥》等。鲁迅的小说,我以为没沈从文的好,太过生硬,有点儿像是杂文与随笔、对话的杂糅,但鲁迅把中国几千年文化的劣根性揭示得淋漓尽致。鲁迅无愧于伟大思想家的称谓,他的胞弟周作人和他差了十万八千里!周作人那些小玩意儿有什么可读的?白耽误时间。要文采没文采,要思想没思想。后来沿袭周作人这一路的现当代作家多了去了!

　　沈从文的小说语言结构有些西化,在写作手法上也是灵活多变,兼容并蓄,什么魔幻主义啦,什么象征主义啦,什么意识流啦,在他的几十部小说中应有尽有,我们今天依然可以拿来津津有味地阅读。我过去读鲁迅与沈从文的小说,觉得鲁迅的好,鲁迅的语言节奏特别好,读着上口。我现在觉得沈从文的好,他的语言结构与修辞技巧很独特,很新鲜,就像台湾大诗人罗门的诗歌一样,太美了!

　　现在的问题是,连大学文学院的有些教授也不知道谁的文笔好,谁的不好。至于一般的文学爱好者与读者就更摸不着北啦!

　　在汉语言写作中我们应该继承什么,应该摒弃什么?我们继承的是汉语言优雅的节奏之美,追求的是人类关怀的悲悯之心,展示人间的温情与美好,让深陷绝境的人们看到希望。在现代与当代的作家中,沈从文就达到了这样的精神高度。

(2014年5月26日)

15　关于山水散文写作的几点浅见

时常接到文友关于散文写作方面的咨询,希望鄙人能就个案的散文写作谈谈看法。首先我非常感谢大家对我的错爱与信任。同类作品如何判别其品质的高下,纵然是仁者见仁,智者见者,但我认为那只是一种敷衍与搪塞的中庸之道。我主张,要说就说在明处;要不说,干脆就闭嘴。

一个地方去得太多了,那种第一眼的冲动与激情没有了,勉强地去挤,肯定也挤不出什么好文字,所以,在动笔之前,情感的积累非常重要。没有浓烈的情感,文章的氛围就出不来,思绪也不会连贯,文字是破碎的,处处都会显露着堆砌的痕迹,至于诗意就更谈不上了。

山水美文的写作一定要在你初次探访旅游胜地时随时做笔记,把当时的感受记下来。此一时,彼一时,灵感只会在你脑神经被刺激的瞬间闪现,过了这一村,就找不到这一店了。

也就是说,你第一步必须把原材料抓到手。

第二步就是构思了。构思与情感的蓄势待发是同步进行的。就像女人分娩一样,你被折磨得很难受,你必须动笔写了。每个人写作的节点不一样,我自己写作的时间多半在深夜与早晨。一旦动笔写,就一定要一气呵成。构思也就是整篇文章的线索,思维要清晰,要让阅读者读一遍就能记住你究竟写了些什么。写景不能面面俱到,要抓住最亮的部分。

山水散文的写作,我个人以为,不能一味地写景。一味地写景会让你的文字失去标记,失去个性。思路一定要放开,要虚心学习散文大家是怎么构思怎么取材的。写文章最忌的就是你在嚼大家都知道的东西,这样的文字缺乏新鲜感,还不如不写。

山水散文同样是美文,你不可以用写说明文的手法来写美文。美文首先是语言要美,要有诗情与诗意,要给人行云流水的感觉,所以我们必须追求语言的内在节奏与韵感。只要语言、情感与技巧同时到了,就什么都齐了。

虽然文无定法,但你必须知道写什么(取材)、怎么写(技法),要突出个性,力争写出新意,尽量避熟,包括遣词。

(2013年12月21日)

16 散文是对生命的感悟

当我们把目光投向远方时,总是忽略了身边的风景。河南大学文学院的刘军先生说,河南的散文呈现了断流,青黄不接。我认为不是。散文的写作队伍依然很庞大,写小说的作家常常也会兴之所至地写出精彩的散文或随笔。譬如,李佩甫写的序,二月河写的随笔。散文家呢?除了如雷贯耳的王剑冰,河南的乔叶、傅爱毛的散文与随笔写得同样不得了。乔叶曾出过八本散文集,后来转到了小说创作上。乔叶高产,有才气,应该属于墙内开花墙外红的那种,她在河南省以外的地方名气很大。

一篇好的散文,它不仅仅是记叙,更应该是对生命的感悟,对心灵旅程的回味。乔叶的散文写得很美,感情丰沛,语言恣肆豪放,有一泻千里的雄浑之气。她是那种集中国传统文学与现代青春写作于一身的作家,不守旧,也不盲目地追新。她的散文也和无数的女性散文一样,由小及大,善于从小事物中有所发现。但她的散文又有别于我们日常所见的那些知性之作,它是深邃的。它不满足于对小事物、小哲理的发现,它常常会深入到人的内心,深入到疼痛的关节。如果我在这里仅仅是为了说这些,显然没有任何新意。我想说的是,一个人有感悟,你如何用诗一样的语言,用唯美的节奏将你的情感表达出来。散文的语言既有别于随笔的语言,也有别于杂文的语言,它忌"直",更忌"露",这就是散文写作的难度所在。

现在许多作家写的散文没法读,一是你读不到真挚与真实,看不到作者的内心世界;二是你读不到语境与氛围,作品无法把你"牵"进去。乔叶在谈到写作时,她主张慢工出细活儿。我非常赞成她的说法。譬如,你突然对某件事有了感悟,叙述显然是不成问题的,关键是怎样酝酿情感,如何把握语言的节奏。

我以为,作家应该可以写不同体裁的文学作品,甚至是实用文体。有许多很优秀的散文并非散文作家写的。写散文需要人生的阅历,需要人生的智慧,需要对大千世界的敏感与顿悟。在现代散文家中,我个人更喜欢梁实秋与鲁迅的散文,不喜欢周作人的文章,周作人的文章没什么东西,空有一大堆的废话。古人写文章非常在乎其文的社会价值与现实意义,所以,他们的文字能流芳百世而不衰。余秋雨的散文之所以在二十世纪九十年代风行一时,他在许多篇章中均有对历史独特的识见。譬如他在《一个王朝的背影》一文中对一个国家民族情结的反思。也就是说,他不仅仅是在叙说历史,他还是在重新抚摸与打量某一段历史的伤痕。他的语言轻灵优美,富于诗意,这决定了他的散文的可读性。

钱钟书不愿意出全集。他认为自己写的东西并不全是精品。我一直认为,做文学研究的专家教授没必要去盯住一个人全部的作品。咱们就说散文写作吧,说一位作家能写出整本整本的经典,那都是瞎扯淡的事。许多读者都说余秋雨的《文化苦旅》写得不错,写得非常好,至于其他的嘛……天才作家徐志摩,就以一篇《再别康桥》让无数浪迹英伦的游子与学子无不到剑桥大学一饱眼福。在二十世纪八十年代初,中国有四位作家突然在海外大火了起来,他们是:钱锺书、沈从文、徐志摩、戴望舒。他们是一个时代真正的文学天才与文学巨子!我差不多读过徐志摩所有的著作,也就记住了《再别康桥》。以上四位作家,单以才气论,肯定是徐志摩。钱锺书的博闻强识与超群盖世的逻辑思维非一般人可比。沈从文的单纯天真,让他的文字是那样地清澈透明,即使是在那个特殊的年代,他心中依然向往着美好与崇高、温情与优雅。鲁迅不是文学的天才,鲁迅是以他深刻的哲思与远见卓识而闻名的。

在这一点上,他的文章与老子、孔子、孟子和毛泽东有些相似。以上四位作家都是唯美派,他们的文字穿越了半个多世纪,在今天依然闪烁着迷人的光芒。随着时代的变迁,随着时代审美眼光的变迁,我在此还想说的是,在以上的四位作家中,作品在今天依然不落伍的只有钱锺书与沈从文。

散文的写法无疑应该是多姿多彩的。我自开博客以来,陆陆续续写了不下三十篇的散文写作心得,为了描述的方便,有许多文章均是以"散文是……"的句式来命题的。在此,我想说明的是,我并不是说散文必须应该这样写。对众多的写作者而言,艺术永远没有止境。有位搞书法的狂徒说:"我已超过了怀素!"一听,这人肯定说大话了。我敢说,即便是贾平凹写文章,也一定是先构思,再下笔。无规矩,则不能成方圆。我们都还在成长的路上,千万不要文人相轻,因为文学,大家彼此相识,彼此互勉,这多好啊。

(2013 年 10 月 1 日)

17　文学大奖应有的感染力与号召力

看过刚揭晓的某文学大奖,对获奖作品,专家有专家的评选标准与价值尺度。二十世纪三十年代,徐志摩是唯美派,提倡文学的美感,文学的美感首先指向的应该是语言,其次才是文体结构。徐志摩的散文今天读来依然不过时。鲁迅的文学成就主要在杂文,他把文学变成了实体学,因其杂文的时代性,因时代对正义的需求,鲁迅成了那个时代的良知。鲁迅在其杂文中涉及世道人心的某些论述的深刻性,甚至不亚于老子与孔子。

文学应当具有丰富的感染力。同样的一件事,用文学的手段与绘声绘色的语言呈现出来,它就具有了感染力与可读性。南北朝著名文学评论家刘勰在《文心雕龙》中说:"才之能通,必资晓术。"意思是说,达到艺术的境界必须依靠"术"

（方法）。他还说："是以执术驭篇，似善弈之穷数；弃术任心，如博塞之邀遇。"写文章就像下棋与掷彩一样，懂术者似善弈之人；弃术任心者，和赌徒没什么差别，偶有所赢，亦难为继。对文学的审美，现代美学家王朝闻在许多美学经典著作中也是这样论述的："文学艺术的审美是指引起人们心灵共鸣与审美体验的作品。"一篇或一部作品的感染力不全是由其内容所决定的，语言与技巧同样很重要。就像一位仅能把每一个字都写得很到位的人不能被称为书法家一样，光有好题材，没有好语言与写作技巧，整篇与整部作品的艺术氛围就出不来，其作品不能使人产生共鸣。广大读者或广大文学爱好者在心里并不认可这样的作品，它只能是少数人的独角戏。

中国作协副主席张炜说："最好的作家应是'业余'的。"这话有一定道理。我个人就特别喜欢看那些没什么名气的作者的作品。他们呈现的是他们的一生中让自己记忆最深刻的事。文学前辈李杭育先生说：那些没让我记住的事，也没什么价值，我从不记笔记。在二十世纪八十年代，我们盼望的一年一度的全国短篇小说大奖一揭晓，我们就早早地跑到镇上的书店去打听，托人到县城去购买，就是为了先睹为快。那一年的秋天，我坐在被暮色涂抹的屋檐下，手捧梁晓声先生的短篇小说《这是一片神奇的土地》，读得泪流满面，啜泣不止。三十年前的那次阅读一直印在我的脑海中，此后我再没读过这样的小说。散文的疆域很宽很大,意象明晰而又文采飞扬的佳作并不多,像刘烨园的《自己的夜晚》同样令人百读不厌。

对广大的文学爱好者而言,自己的眼睛与心灵才是最忠实的。

(2013年9月21日)

18 文学的长与短

文章有话则长,无话则短。我最喜欢毛泽东主席的文风,他从没什么废话。现在的情况是,某些作家说话多半喜欢绕,把绕的部分去掉,要紧的话实在没多少。某些专家说话呢,满口的专业术语,故意让人听得迷迷糊糊的,如果解释清楚了,就见底了,不好收场。某些教授说话,大家都领教过了,一句话能说清楚的事,一定要说上十句。原本一篇千字文的评论,一定要写上洋洋万言。不信,你把其文中引用与重复的部分去掉,看看还有多少内容。

为什么废话那么多呢?估计还是缺乏洞见,缺乏智慧。

更快捷的网络资讯与网络分享,构成了写作崭新的高度。那些老式的写作模式,在历史堆里拾掇些碎片,或是靠贩卖老祖宗的哲学思想以及别人的东西,七拼八凑就可以"炒"一篇文章的时代已经过去。时代对作家提出了新的要求,那就是你是否具有独立思考的能力！李佩甫先生说:"作家的作品一定应该是先于时代的生活。你所奉献的精神食粮一定是读者闻所未闻的,或者是读者自身难以归纳、总结、感悟出来的东西。"

对一位写作者而言,我们首先还是提倡要有生活积累,要善于在生活中有所发现,并善于用哲学的思辨力对事实进行整理。作家的生活应该是一边读书,一边体验与发掘生活,一边思考。

(2013年9月14日)

19　再谈汉语言的节奏美

昔西伯拘羑里,演《周易》;孔子厄陈、蔡,作《春秋》;屈原放逐,著《离骚》;左丘失明,厥有《国语》;孙子膑脚,而论兵法;不韦迁蜀,世传《吕览》;韩非囚秦,《说难》、孤愤;诗三百篇,大抵贤圣发愤之所为作也。

以上所引是太史公马迁在《史记》自序中的片段。这是一段大家耳熟能详的励志格言,穷而后工,方成大器。大声地、反复地读读这段文字,便会发现它竟有着音乐般迷人的节奏与韵律,层层递进,音节由短而长,来如雷霆收震怒,罢如江海凝青光!汉语言的魅力正在于此。我个人不太喜欢阅读那种没有节奏的语言。汉语言(指其文学性)一旦失去了节奏美,它的品质就打了折扣。所谓行云流水,所谓皓月当空,皆是指语言的节奏之美。

汉语的节奏并没有明确地对每行的字数有什么限制,它的节奏是内在的,是由写作者成年累月的阅读与写作训练而自然形成的。作家的工具是语言(文字),好的作家对文字特别敏感,他们的文字有自己的韵律,有自己独特的表述方式。我们看到一篇文章,便能够认出它是出自哪位作家之手,看画和听音乐亦是如此。

整部《史记》从头到尾语言风格都是一致的,深具节奏之美。凡是对语言的节奏掌控得比较到位的写作者,一般古文基础都比较扎实。最近几日读游宇的小说就有这种感觉。他的语言干净、幽默、丰赡饱满,并富于节奏感。一位有志于写作的人如果不喜欢读书,不善于锤炼语言,就像练字不临帖一样。师古绝非复古,但该继承的元素一定要继承,汉语一旦失去了汉语言优雅的韵味,它与西文除了符号的不同,还有什么差别呢?

在当代作家中,孙甘露是突出的一位!孙先生的语言唯美到了骨子,他要学意识流大师詹姆斯·乔伊斯,刻意做了一道道"骨头宴",存心要把同时代的某些作家都"气死"!这个来自黄浦江畔的语言天才,鬼才知道他是如何练就的那一手绝活儿,我对他魔幻般的写作,对他那一口流利得体的普通话,不得不佩服得五体投地。

(2013 年 8 月 12 日)

20　文章憎命达

"文章憎命达"语出杜甫《天末怀李白》,意谓有文采的人总是薄命遭忌。时代变了,网络时代让更多的人可以发表自己的意见,更宽松的社会环境也让知识分子可以畅所欲言。写作者的经济境遇与这个时代的大众消费指数却相差甚远。于是,有许许多多的文学爱好者为生活所迫,不得不改辕易辙,含泪告别所钟爱的文学事业,告别几十年来为之奋斗的文学事业。我能感觉得到他们心中的苦痛,那是对一个人精神追求的剥夺。"穷且益坚,不坠青云之志。"依然还有那么多的文学爱好者在奔向这趟艰辛而寂寞的人生苦旅。是什么导致文学落入了今天的窘迫困境?是社会真的不需要文学了吗?文学会不会因此而死掉?

如果希望用文学来养家糊口,按现在城市最低的生活标准,文学作品的稿费至少要定在每千字五百元左右。以一位散文作家为例,如果每周写四篇两千字左右的散文计算,那么一周的收入也就四千元。再多写,估计就难保文章的质量了。如果这位作家是家庭中的主角,显然这个收入是远远不够的。现在的小三口之家,按中部某省会城市的消费水准,两口子每月的进项最少也需要一万元,你才能"玩得转"!房租一般要占总收入的五分之一,甚至还多;孩子的学习生活费用,每年一个孩子最少也需一万元的支出;双方老人的赡养费,每月最少也得给两千至三千元;日常开销去掉四千五百元。光以上这几项列支,每月一个家庭的大项开支将近一万元!

迫于生存的巨大压力,有许多文学爱好者把目光投向以稿费改变生活质量的途径,孰知这样走下去,很快就把你自己几十年的功夫给废了!五年前,我随王剑冰老师去参加一个文学沙龙,中间遇到了管城区魏老师。他写得一手令人眼红的好颜体,文章也写得不赖,曾在全国知名媒体及文学专业杂志发表文章近两百篇。在与我们分手时,他叹了口气,说:"我以后再不给报纸与杂志写稿了!"

长时间为报纸杂志写稿会束缚写作者的创作自由。另外,一般的报纸副刊与时尚杂志需要的作品多半都是贴近时尚与节令的小文章。说穿了,其实这些东西均是"易碎品",偶尔写几篇还行,如果"沉醉不知归路",只能害了你自己,得了些小钱,废了你终身。

君子固穷,好像说的是写作者一生的宿命。既然你选择了文学,选择了写作,你也就选择了清贫。清贫对写作而言,并非什么坏事。宁愿恪守清贫,也不愿随波逐流,这是文人的傲骨。"志士不饮盗泉之水,廉者不受嗟来之食。"一个文人,不可以没有自尊,更不可以自甘堕落。

有一天,你真的有了一大堆的钱,却没有了文学,没有了精神上的依靠与慰藉,你会沦为精神乞丐。你一辈子就是一台只会挣钱的机器,一生浑浑噩噩,睁开眼是为了挣钱,闭了眼还是为了挣钱。这样的人生有意思吗?

写作,它也是一门手艺,千万别弄丢了。

(2013年8月10日)

21　青春文学需要传统文学的根基

青春文学也是成人文学的一部分,由于它的语言浅显易懂,又不乏青春时尚的元素,从而赢得了中学生与大学生的阅读市场。由于它在语言上的白与浅,缺乏中国古典文学的滋养,遂成了一种无根的文学,并严重削弱了其应有的民族性。所以,青春文学的寿命一般都很短暂,它很难流传下来。其实,浅与白并非青春文学的姿态,只是更优秀的东西还没有被发现而已。

汉语写作一旦彻底失去了传统文学的根基,也就彻底失去了它应有的东方神韵,宛如一件被风雨不断侵蚀的瓷器,从此不再熠熠生辉。

相对于青春文学的另一个极端,是沿续"五四"以来的旧体文风,一味地对传统文学(更多的师从于现代文学)固执追随与抱残守缺。直到现在,我们依然可以见到那些无聊透顶、缺乏见识的"民国写作"。搂住一根小草或一截菜根、一堵残壁、半爿断墙,发思古之感慨,叹今夕是何年。故作斯文,极尽废话,人造意境,是"民国写作"的突出特征。面对如此"美文",我看不出它的价值在哪里!

"民国写作"终归还能算作一种写作,它所遭遇的困境只是写作方向的问题。它完全还有重整山河、席卷再来的实力。朱以撒先生的散文尽管也有些"民国写作"的影子,但自成一统。他的文字大有看头,大有嚼头。朱先生首先是一位有大见识的人,在他的文字里包含了许多做人的道理,更包含了作家自身的文化教养与精神气质。你仿若不是在读文章,而是在读这个人。这个人恰恰是一位思想与智慧的集大成者。

(2013年7月10日)

22　大学文学院为什么很难造就出像模像样的作家

写作是一种兴趣与天赋,但亦需要后天艺术与人生经历的滋养。读宋烈毅与江南(褚金鑫)的作品,除了感叹作家的天赋,你能感觉到他们是读过很多书的,在写作手法与文体结构上是有诸多讲究的。一位作家谈写作与一位纯文学理论家或大学中文系的教授谈写作是有差别的。中国女排聘请了郎平做教练,从此就插上了金翅膀,开始突飞猛进了!道理很简单,运动员出身的教练郎平既有理论又有实战经验。

并非所有的作家都善于口头表达。像王蒙、余秋雨、李佩甫、王剑冰等就属于那种既能写也能说得很好的作家。贾平凹的文学评论写得非常好,至于贾老师是否善于演说,我不得而知。

我曾读过洛阳一位女作者写的散文,平心而论,她很有才气,可惜,她的文章在写法上存在明显的瑕疵。她与散文大家其实也就一步之遥。也就是说,她的写作一直被误导,而且现在还在那条道上瞎摸。

一所大学之所以有名,能培养出学术与科技的精英,是因为它拥有名师(指有真才实学的老师,而非名气有多大)。高校要注重理论与实践相结合。河南有一个室内装饰设计学会[注:中国建筑学会室内设计分会第十五(河南)专业委员会],它与高校的相关专业结合,高校请它的设计师去讲课,然后带学生出来实习。高校的老师们很高兴,学生们的学习兴趣也很浓。学问是在实践中得到提高的。在实践中发现问题,去找理论并请教高人,然后再去解决问题,我们就长了见识。

在大学中文系如何教授学生写作,仅仅只是讲文学史与文学鉴赏、艺术流派之类,显然是不够的。作家讲的可能是一种现身说法,即实际创作体验。名师出高徒,不然为啥那么多音乐界人士拜在金铁霖先生的门下呢?大学如果不小心把那些打着文学名头的伪专家请进了校园,那就只能会误人子弟了。

(2013年7月3日)

23　一位写作者的人生选择

　　我并不认识安阳作家席萍,也没读过她写的文字。我有几位好朋友是林州的,在不经意间提到了她,并惋惜她的英年早逝(前不久突患脑溢血,病故,年仅57岁。其生前为河南省文学院专业作家)。朋友说,不管席萍的作品如何,其人品还是不错的。她是一位急公好义、善良坦诚的人,与人相处从不设防,生前曾帮过不少人。随着一声长叹,接着便是深深的感慨:她不该弃了原来好端端的工作,来文学院当什么专业作家。她原来是安阳市电业局宣传部长,月薪酬七八千,却非要跑到省文学院来当什么专业作家,每月两千多元。唉,是那不值一文的虚名害了她……

　　从另一个方面来讲,席萍何尝不是一位殉道者呢?她是一位精神的殉道者,她愿意煮酒焚琴。"道可道,非常道。"我的朋友只是一位旁观者,我是一位旁听者。文学从艺术上讲,它应该高于生活;但从生活的角度上讲,它始终是生活的一部分,它又是低于生活的。果树上结的果实固然很好吃,但它不是粮食,只有地里长的粮食才能填饱肚子。我以为朋友们对席萍的评价是很高的。一个人的作品写得好与差并不重要,重要的是他(她)应该知道怎么生活,人生的方向在哪里。试图以文字为生的诸君,首先要清楚地认识自己。李佩甫先生在鄙人文集的序文中曾忠告:"文学是可以害人,也可以洗人的。"培养一种高雅的爱好,原本是为了生活更丰富多彩,让自己的生活更健康,更有意思。在任何时候都不要觉得自己是一位什么作家,我们只是语言文字工作者。搞书法的,就是书法工作者;绘画的,就是绘画工作者。凡此种种,不一而足。能以写作为生,试图拯救人类的精神与灵魂的人无疑应是民族的脊梁,他们用文字作旗,为正义与真理呐喊,普度众生,力挽道义与良知,不与世俗合污,不媚俗,亦不泥古,这是一种写作的精神高度,更是一个时代所赋予写作者的使命与担当,我们理应对这样的写作者致以崇高的敬意。

时代变了,我们不要再紧紧搂着那几本杂志或报纸副刊不放,把发表文章看得那么重要。靠稿费生活的时代已经过去了,靠发表作品带来荣光的时代已经过去了。文学从人们仰视的目光中回归本位,它不再鹤立鸡群,不再光环耀眼。文学对社会依然有着巨大的影响力与渗透力,因为它传递的是一种向善的美,一种精神与情感的力量。你可以爱它,也可以不爱它,它无处不在。从古代的老子、孔子、庄子、孟子、屈原、李白等,到现代的鲁迅、钱锺书,生活离不开文学。说你是作家,那是一个时代对文学艺术工作者的尊称与抬举,我们千万不要太拿它当回事。如果硬要找出天才的诗人与作家,从"五四"以来,好像不超过十位。中国唐朝那么多写诗的,有上万人,真正能称得上是天才的诗人,唯李白、李商隐是也。最近天热得很,亦无心写什么文字,偶尔上网转转,读读王蒙先生的作品,与朋友分享这位意识流作家的人生感悟与智慧。我惊叹,惊叹王老真的还没老。他是扑面而来的汪洋大海,他是人间的奇迹!

　　古人说:"一日不读书,尘生其中;两日不读书,言语乏味;三日不读书,面目可憎。"文人自古以来就爱读书,我也不例外。一天不读书,就会觉得周身不适,一整天都找不到感觉。读书也会成瘾,这终究不是什么好事。我时常感到腿脚麻木,还时不时地抽筋,说明运动太少。但我总迷信读书会有用,因为父亲的教导使我深信不疑。读书确乎让我明白了许多常识与事理,让我懂得了怎样与人相处,知道了坚持与退让的界限在哪里。热爱文学的人不要只读文学类的书,要尽量扩展阅读视野,可以看看经营管理、医学等方面的书,甚至也可以听听曾仕强先生讲的《易经》。五十岁之前是谋生的阶段,五十岁之后是生活的阶段。谋生需要拼搏,生活则追求的是优雅。

昨晚有影友来郑州,我存心要找一家好馆子招待友人,不想还是吃坏了肚子。天气酷热依旧,我不知道我说了些啥,就像这些无关痛痒的文字,一切都是废话。是的,废话。我只是怕把这点儿小手艺给忘了,更怕头脑僵化生锈。

(2013 年 6 月 6 日)

24 当下散文的大幸与大不幸

2012年河南省散文学会创作年会终于在年底如期召开,大家从四面八方云集洛阳瓦库。今年的年会主题是"瓦与生活"。说到散文创作,大家兴致颇高。

当下散文的大幸在于参与写作者多,队伍庞大,范畴宽泛,宽泛到除了诗歌、小说与戏剧外,其他的一切文体皆被归拢到散文的旗下。当下散文的大不幸,是散文的定义变得愈加模糊不清,模糊到你无法阐述,好像天底下最容易写的文章就是散文了。散文失去了它应有的属性与尊严,也失去了它的创作难度与创作高度。随着文字定义的演变和文学体裁的发展,散文的定义也时有变化。散文写作在当下的语境中渐趋浑浊与芜杂。

想把散文写得像散文(指它的文学性),首先我们必须对散文的属性和散文的美学追求有一个明晰的认识。如果散文失去了基本的审美标准,那么我们真的无法评判其品质的优劣了。散文应该是一种在形式上更宽泛自由,在内容上更丰富多彩的文学体裁。但这样说,并不意味着我们可以不考虑文体,就像写毛笔字与练习太极拳,你说我无须临帖,我无须遵守太极拳的套路招数,我想怎么写就怎么写,想怎么练就怎么练,其结果会是什么样子呢?你的书法将永远处于毛笔字的状态,你的拳术也只能叫健身游戏。

文无定法,但无法还应该始于有法。我在年会上的发言阐述了我个人对散文写作的美学追求与认识。我之所以要把新散文(美文)从众多的文体中分离出来,是便于它的理论建设。把散文定义为美文是要着重强调新时代散文的文学性,让散文的面貌更清晰,更易于把握。这多少有些像大学的分科分系。

写长篇或短篇小说的作家大多数都可以把散文写得很好,但也并非全部如此。钱锺书先生的《围城》是我最钟爱的小说,读过不下二十遍,但钱老的散文却是以随笔见长。李国文也是。贾平凹的小说写得好,散文写得也非常好。贾老很全面,包括随笔、序跋均写得古朴厚重、意味深长。梁实秋先生是现代公认的散文大家,但他的散文却是更接近更倾向于思想学识与人文教养类的生活随笔。鲁迅的散文是海纳百川,文学性与思想性在他的笔下得到了高度的统一,譬如《故乡》,说是一篇小说,它何尝不是一篇优美的散文呢?

我说的意思是,新散文应该是美文。散文包括时政评论、人物随笔、科普杂文、序跋札记等,同为散文大家族里的枝枝叶叶花花草草,咱们各自该叫啥就叫啥,该是随笔的就叫随笔,该是时政评论的就叫评论,该是科普文的就叫说明文,不要和散文(美文)搅和在一起。把不同特质的东西强行归为一体,就会标准失范,就会表述不清。恕我直言,以上文体的写作较之于散文(美文)写作,要容易得多,就像小小说与短篇小说的差异所在。散文(美文)有了标准,便有了难度。随着时代的发展,我们姑且叫它"新散文",也就是美文。我以为这样的称呼更确切,也更有利于散文自身的发展。新散文(美文)倾向于生活独特的发现与生命的体验,它是真挚丰沛的情感与丰富的思想的高度融合。它的语言应该是诗性的,不干枯不僵死,充满汉语言所特有的音韵美与内在的节奏美。散文同样是语言的艺术,有志于散文写作(并愿意正视散文写作)的作者要努力提高自己的文学素养,要努力拓展自己的生活视野,要努力提高自己的审美能力与生命境界,要善于发现思考并捕捉日常生活中的事实意象及独特细节。总之,要努力把文章写得有味道。如果我们甘愿放弃这一切,那么,散文的品质就会降低,散文作者就不会再有专业与业余之分了。

(2012年12月6日)

注:在2012年度河南散文年会上的发言

25　作家永远是靠作品说话的

由莫言先生获奖引发了许多与文学相关的话题,说什么的都有,好在是各说各的,彼此不伤和气。我个人觉得历次茅盾文学奖的评选较之于鲁迅文学奖与冰心散文奖而言,基本上还是公正的,只是有的是着眼于借作品推选优秀的作家。但有些好作家因种种原因却与茅盾文学奖失之交臂,譬如二十世纪九十年代的《国画》《羊的门》《废都》,我认为写得都非常好,包括同时期的《蓝城》(胡小胡著)。以上这四部作品在题材上都非常贴近现实,贴近时代,你能感觉到是作家一气呵成的东西。从题材到写作技法及语言,均无可挑剔。

有人说到陈忠实的《白鹿原》与路遥的《平凡的世界》,二者孰高孰低?我个人觉得,《白鹿原》的文笔比《平凡的世界》更娴熟,陈忠实可能想写得更深些,小说似乎有些偏离了重心,在小说的题材上远远没有《平凡的世界》厚重、令人震撼、打动人心。读路遥的作品会让你泪流满面,他是用心和灵魂在写作,最后他把自己累死了。路遥的作品曾激励了一代又一代的人去追求人生的理想,作品的社会价值大于艺术价值。通过自身的体验去写小说的人,不多,路遥算一个。至于莫言,无疑是当下写小说的作家中最有才华的作家之一(孙甘露也很有才华,他的作品是诗的另一种形式)。也就是说,既感人又在文学语言和写作技法都非常到位的作品(长篇小说),直到现在,我还没发现。对后来的文学爱好者而言,我们只能是取百家之长,补己之短。

  以上四部小说均出自作家在四十几岁的时候,这是一个作家在文学素养与生活阅历及人生境界上都趋于成熟的鼎盛期。其中某些精彩的片段现在还停留在我脑海中。像《羊的门》中"二十四种小草的名讳",《蓝城》中有一段男女主角在月光下海边做爱的情景,写得非常美。

  说到底,作家还是要靠作品来说话的(李佩甫的话)。河南的作家不擅张扬,其实在河南还有一位实力派小说作家,他就是李洱!我估计再过若干年,等二十世纪六十年代出生的作家都纷纷过了创作的壮年期(四十六至五十岁是一个坎儿),汉语的文学性将会大打折扣。随着文学越来越被边缘化,越来越被口语化,以后的文学爱好者是不是能将《史记》这样的著作通读下来都是个问号。文学只要在语言上输了,你写得再好,也没用。

我个人的文学观更倾向于文学作品的美感与感染力。有人把散文定义为美文,说得太好。譬如,李汉荣写的那篇《菊儿》,那是一篇经得住反复吟咏、反复阅读的作品。它几乎涵盖并契合了所有关于好散文应该具备的一切。唯美,动人,像潺潺不绝的流水,像袅袅飘荡的音乐。古人王羲之写的《兰亭集序》亦如此,不光是语言美,而且文字不空,它带给人的是美的享受,你读了,隔一段时间再读,依然不会感到丝毫的厌烦,就像是享用了一道可口的美食,你吃了,还想再吃。

如果文学的终极价值脱离了以净化人类自身灵魂的精神向度,它仅仅满足于讲述一段历史或荒诞不经的故事,我不知道它存在的意义又在哪里。

(2012 年 10 月 22 日)

26 文学要有打动人心的力量

读今天的文学作品,感觉大家都是在琢磨怎么去写文章,文学早已脱离了它的本质,它开始变得冷冰冰的,已失去了打动人心的力量。人心是什么呢?就是情感。譬如,时下散文的写作,要么是一味地追求奢华,追求语言的隐晦与空灵,要么就是干巴巴地叙述,像民间故事一样,去苍白地描述与解读生活,它无法营造属于自己的精神家园。

我时常读一些文笔极其优美的散文,并从心里叹服作者出众的才华。你能从中看到博尔赫斯、卡夫卡、加缪、伍尔夫等时尚作家的影子,他们无一例外都在追求一种日常琐碎的空。

除了一个美丽的盒子,里面什么也没有。读这种文字,心里充满了压抑,读着读着,就想放下。它无法带你走进一片心灵的圣土。作者不善于把虚与实有机地结合起来,或者说他

(她)还缺乏真正有价值的诉求。仅仅围绕一个点在写,而没有放开。提高写作水平,首先要提高欣赏水平,你知道什么是好作品,什么是不好的作品,要懂得如何借鉴。每个人的生活阅历与阅读积累的深浅不一,你要善于梳理出自己的所长。对文字的自省非常重要,这就像日常说话一样,哪些该说,哪些不该说,要在文字间留下思考的缝隙。

鲁迅的文章其实是很严肃的,但我们在这种严肃中读到了一位"士"的忧患与洞见,他几乎没什么废话。沈从文的面孔与鲁迅恰恰相反,他一直带着微笑,孩子般的微笑。那些在废墟上卓然而立的浪漫与超然,不挟一丝的污垢。我始终不明白,为何有的人总喜欢把不美的元素强行嵌入笔下美丽的风景。你可以嗔,可以怒,可以讨论,完全可以另起炉灶啊。把两种以上的情绪掺和在一篇文章中,容易破坏意境。

文学大家与一般的文学爱好者(就像我这号的)的差别在哪里呢?成熟作家的作品首先在文体与语言上是过关的,你挑不出什么硬伤。当然,对任何一位写作者而言,都有一个成长的过程,在这个不断阅读不断行走不断修复不断完善与不断自省的过程中,我们最不能丢弃的是真诚与天性,还有对生活的持续热情。一定要静下心来,不要总想着去炒作去成名,心里一旦长了草,文字就不干净了。

(2012年8月28日)

27 写给文学爱好者

当贾平凹先生再次谈到文学的经典之作,谈到让人景仰的沈从文先生,我们为这棵无缘获得诺贝尔文学奖的参天大树而叹息。这顶迟到的世界文学桂冠只能授给健在的作家。我原来曾不止一次地读过沈先生的作品,仿佛都无从获得心得。今天再次从"天涯在线书库"上翻读《龙朱》,终于发现了问题:网络上的东西是变了味的!文理不通的语言,缺胳膊少腿的病句,比比皆是!

读书一定要读好书,读经典之作。就像是吃东西,你应该吃对身体有营养的食物,而不是仅仅满足于口舌的诉求。看电视,我有时会去看那种说不清道不明的情感故事与婚姻家庭纠葛故事。很有意思。文学不就是人学吗?一位三十出头的中学语文老师,挺拔的身躯笔直得像一棵树,只是头发有些稀。他一上台,便随口秀出柳永的诗词——衣带渐宽终不悔,让台上十几位青春少女对出下联。谁知美女们竟无一人能对得上！我心想,这位"老夫子"也太不时尚了！你应该高歌一曲才对,这年头,谁还兴这个呀？再说说这位老师,是不是也在附庸风雅呢？在我的印象中,柳先生的诗应该是：衣带渐宽终不悔,为伊消得人憔悴。时代的浅薄让这则粉墨登场的爱情选秀故事充满了无尽的嘲讽。

我走了几十年的弯路,没读到好作品,原因是被网络所害。今天我跑到书店,正儿八经地买上沈先生的小说,准备用心读一读,用心体会先生小说的艺术魅力。我特意挑了两本,一本是人民文学出版社出版的《沈从文作品新编》,另一本是浙江文艺出版社出版的《沈从文小说》。书上的铅字与网络上不堪入目、谬误百出的东西简直大相径庭！

读经典之作,不仅仅是学习作家的写作技巧,关键是经典之作可以规范锤炼我们的语言。读了沈先生的作品,差不多国外的作品都不用再读了。现在的许多文学爱好者主要是文字的基本功太差。试想,一个连语言都不过关的写作者,如何能写得好文章？圆不了文学的梦想,当不了作家,都不要紧,我们至少可以做一名合格称职的大学或中学语文老师,也不至于误人子弟！

前些日子,我在博客上很是推荐了李汉荣与路来森的散文作品。李汉荣的散文达到的境界很高,唯美流畅的语言,饱满的生命激情,严谨并不拘一格的结构,不愧为美文中的范文。路来森散文的魅力,在于他对孙犁语言的消化与借鉴,对时下青春文学、年轻读者群口味的迎合。能看得出,这位中学语文老师在古典文学上的修养远非朝夕之功。有些年轻的作者,一心只想快速成名,总喜欢在博客上炫耀自己发表的作品,于是我们只好天天看杂志封面与目录,想读到该君的大作,反而成了一种奢侈的妄想。我始终不明白他(她)这样做的目的是什么?

——想卖书吗?

我的感受是,既然读你的作品那么困难,咱就不读了。俺去找那些能读得到的东西。

书,在当下越来越向装饰品靠近,它最后演变为文人之间相互馈赠的一种纪念品。原因很简单,你很难让自己的作品超过那些历尽岁月淘洗的文学大师的经典之作。

有空,多读些文学的经典,文友之间可以交流写作与读书心得,可以互勉,千万不要心存嫉妒,容不得别人比自己好。文学不能取悦于人,至少可以取悦我心。我们已经错过了以文糊口的时代,高雅的文学正被日渐浑浊的世风所遮蔽,它更像一轮独守夜空的明月,兀自孤寂地照亮你的心灵,我们只能永远地遥望。

热爱文学吧,至少我们在这片沃土上,还可以寻到一丝精神上的温暖与慰藉。在那些无聊的生活缝隙中,让我们的生命活得更饱满更结实。

建议:文学也能转化成生产力。建议期望以文字为生的作者,可以朝实用文体写作与新闻写作上靠一靠。譬如,尝试去做一名公务员或记者,或报纸杂志及网络文学编辑之类,一边生存一边发展自己的业余爱好。心静了,说不准就能写出好作品。文学,它需要阅历,需要丰富多彩的生活积累。

(2012 年 8 月 16 日)

28　再谈优秀散文应具备的质地

　　李汉荣无疑是当下最优秀的散文家之一,他的散文是那种真正意义上的美文,富于音律节奏的语言,荡漾着流水一样的诗意,流水一样的气息。他从来不去用镢头挖掘历史,挖掘历史上随手可及的那些诗词歌赋,他亦很少去引用那些僵死的所谓名言经典。

　　散文第一个到场的应该是真情。没有真情的东西肯定打动不了读者。前几天,我偶然读到一篇写外祖母的亲情散文,文字素朴干净,语言很美,但读后丝毫没感觉。原因是,情感没到场,文章也没能抓住关键的细节。李汉荣写的《菊儿》,在文章的结尾处,只那么两句话,便把情感渲染到了极致,我的泪水瞬间夺眶而出。

　　散文是以叙述为主的文体,但要善于叙述,在叙述的过程中,边叙述边抒情。在时光的沙滩上,弯腰拾起那些闪光的精神贝壳,抒生活之独见,抒生命之大美。抒情一定要服从于整篇文章的语境与格调。譬如,江南写的许多散文都蕴含着乡村的苦难与忧伤。它的调子始终是沉郁的,悲怆的。

散文一定要有独特的生活理解,独特的生命感受。要有新意,最好是别人没写过的。如是别人写过的,要力求在写作形式上有突破,即没有人这么写的。譬如,余秋雨文体,现在有人还那么写,就不新鲜了。

散文应该写什么?这一点很重要。我个人以为,能在心灵上引起读者审美体验的文字,皆是好文字。你可以写得很实,也可以虚中有实,实中有虚,但不能虚无得什么都没有。毕竟散文不是诗歌。由于散文要求必须是真情实感,事实必须是真实的,即使它不怎么感人,至少它应该是有趣的。所以,那些无病呻吟,无中生有,硬在那里为写文章而感慨万千,为写文章而心里纠结,像国外意识流小说中的片段,这种没有现场感的散文,肯定不是好散文。

散文应该有气息。气息就是呼吸的节奏。一篇优秀的散文,首先语言必须过关,要具备汉语言内在的音韵美、节奏美和厚重的精神质感。有人用网络语言从事中文写作,但最好不要用这种芜杂的语言来写文学作品。我每每读到这样的文字,直想反胃,一种作呕的感觉。汉语被这些人严重地糟蹋了! 司马迁、柳宗元、鲁迅、贾平凹、李佩甫、李汉荣等是我深爱的作家,我喜欢他们的作品,更多的是因为他们优美的语言吸引了我,有时我读着读着,竟会不由自主地大声朗读起来。对语言的修炼是一种苦工,它需要持之以恒的阅读和写作训练,要虚心向一切优秀的写作者低头,融汇百家之长;要有反复打磨自己习作的耐心,并在写作的路上不断自省。普遍的情况是,老作家的古文底子厚,他们的语言更见功夫。文学语言并非越老越好,它同样需要与时俱进,但一定是在继承之上的创新。譬如,孙甘露的语言就很先锋很超前,但也很美。句子并非越短越好,长句与短句要合理地配搭使用,要服从于整体语境的需要。

一首好诗要有诗眼,有诗意。那么,一篇好散文也必须有诉求和情绪。譬如,柳宗元写的《小石潭记》,哪怕是一篇山水小品,亦寄托着作者沦落天涯的荒凉心境。情与境始终是交融的,意境非常统一。

(2012 年 7 月 8 日)

注:文中部分观点可能重复了我自己过去的观点,权当是对我过去诸多写作认识的归结。

29　散文写作六忌

文学和一切称得上艺术的东西,其全部价值均在于能在心灵上引起读者的审美体验。这在《美学概论》中已有定论了。无论是喜剧或悲剧概莫如此。忧伤着你的忧伤,同样是美的。我想沿着这样的一个命题和思路,谈谈我对当下散文写作的一些肤浅认识,尽管我好像不适合来谈这样一个容易被误会、容易被较真的话题,但我还是想选择主要的说一说,以为探讨。

首先肯定要说散文大致应该怎么写,时代的好散文在我的心目中应该是什么样子的。

由于在此之前我已说了许多,所以,在这里我只说在散文写作中常犯的忌讳。

一忌:大段无意义臃肿的类似小说样的对话。

二忌:翻嚼历史,重新讲故事。包括在写山水游记散文,也是忌讳。原因是,大家都知道那点儿事,你还比司马迁讲得更精彩?(应制之作和商业写作除外,如同裁缝必须按客户要求的款式来做衣服,不然,人家拒付银子。)

三忌:语言不流畅,语境不统一,缺乏汉语言的美感,缺乏统一的气息,缺乏真挚的情感和新鲜的细节。

四忌:随便使用转折词,如"但是""然而"之类,又如"使我想起了……""勾起了……"这些语言不应该出现在美文中。

五忌:选材不精,作者不知道该写什么,不该写什么,这与作者的阅历与审美素养相关。

六忌:把情节当细节。细节可以是情节,但不完全是;它也可以是一句话,譬如:李汉荣先生的名篇《菊儿》。文学作品应该把人引向高尚,要让绝望者看到希望,要让悲伤者找到精神的慰藉,拂去我们心灵上的尘土。

(2012年6月13日)

30　也谈读书与写作

我也曾这样自问:我从书里都读到了什么呢?

李佩甫先生说,书是可以清洗人也可以害人的。他在小说《羊的门》中深刻揭示了人性中的劣根,即人们对权力的迷信所带来的危害。现在这样的人依然大有人在。在某些人的潜意识中,他们的眼光是只看着上面的。越是贫穷封闭的地方,越是如此。清末的民族资本家胡雪岩尽管是身居二品的红顶商人,对上与朝廷重臣左宗棠关系甚密,但他与左宗棠却很难称得上哥们儿。因为在官场永远只有利益,鲜有真诚的友谊可言。胡雪岩与浙江巡抚王有龄是个例外,王有龄在入仕之前即与胡雪岩认识,二人堪称刎颈之交。王有龄本人又是文人当政,并非地道的官宦,这种重情重义的人在官场实属少见。胡雪岩几乎没怎么读过书,何以混得如鱼得水?依我看,至少有如下几点可资借鉴:一、胡雪岩身上有水浒梁山豪杰行侠仗义的秉性,重情守信,骨子里不势利。二、心胸博大,仗义疏财,为人豪气,不吝啬。三、做人做事恪守原则,能把握住分寸。四、身为商人,与生为权贵的官员无高矮上下之等级,心态平静从容,不时时处处逢迎曲卑,至少可以在精神人格上保持与官宦的平等。由于具备了以上四点,所以,胡雪岩比一般的官甚至还要老到几分。即便是权尊势重的陕甘总督左宗棠要平捻克疆,也少不了这位小爷叔的左右逢源、倾力相助。浙江巡抚王有龄兵困杭州,也只有胡雪岩才肯去冒死相救。迫于当时的政治社会环境,胡雪岩只能在夹缝中求生存。但有一点是明确的,胡雪岩的忠勇爱国之志,拳拳报国之心,苍天可鉴。他始终坚定不移地站以左宗棠为首的主战派一方,最后因为抵御日资独占缫丝市场,孤军奋战,折戟沉沙。

  台湾师范大学曾仕强教授在谈到写作时,语出惊人:今人之作缺乏古人的智慧。李佩甫先生在谈文学创作的标尺时,语重意深。他在《羊的门》中所塑造的人物,尤其是那个叫"八圈"的,多少年过去了,还一直深印在我的脑海中。在谈到中长篇小说的创作时,他说:文学的价值在于作家对时代的敏感与先知先觉,否则,其作品便失去了写作的价值。读一部(或一篇)作品,我们要透过语言发现潜藏在文字背后的东西。像《阿Q正传》《狂人日记》《红顶商人》《围城》《寒夜》《羊的门》等作品,无一不是充满着人生智慧的洪钟大吕之作。作家塑造的那个人物,一下子就让你永久地记住了,并成为生活中某类人的代表。阿Q与豆腐西施、《围城》中那个整假学历的方鸿渐、《寒夜》中那位为生活所迫犹豫不定的银行女职员树生。时代在变,作家在小说中所塑造的人物却依然栩栩如生地活着,就在我们身边。当下有些被捧得发紫的作品,买回来翻上几页,只能扔掉。有时间还不如翻翻古书和鲁迅的作品。鲁迅天生了一双慧眼,对几十年以后的事情早有预言。今天早晨,我在厕上读到先生谈京剧与梅兰芳博士,真是灼见啊。

鲁迅先生很早就告诫我们:对一个有志于写作的人,读书要广,不要偏食于某一类的书籍。作家胡小胡毕业于清华大学建筑设计专业,他业余爱好音乐、足球、绘画、美食,所以,他的小说充满了丰富的生活气息与艺术情调,很雅。在中国现代文学史中,有几位则是属于才子型的作家,他们是苏曼殊、萧红、张爱玲、徐志摩、钱锺书、胡小胡。所谓"才子型",即文学语言的天才。古今诗人中还有李白、李商隐、顾城。我个人比较偏爱于这类作家。语言只是表达的工具,写小说主要较量的还是学识与阅历,你光会在虚构的城堡中演绎情感是远远不够的。但凡中医气功、相面风水、书法摄影、历史掌故、金融财经、艺术鉴赏、职业生涯、世态人情、地域风物等,盖闲情所致,耳濡目染皆成学问。所谓国学,吾以为集大成者当数王国维、钱锺书等。关于"国学",鲁迅早在几十年前就曾论述过。

(2011 年 11 月 18 日)

31　不要热衷于发表、出书与炒作

在网络发达、书籍成灾的今天,把电子版的文字再次印刷成整堆的书籍,一本一本地压在手里,或是静静地躺在书架上,尘土罩住了干净的封面。阅读形式的电子化让纸质图书及刊物的出版雪上加霜。国内有几家大型的文学双月刊,发行量早已不及千本。勉强靠政府每年可怜巴巴的文化经费艰难度日。我偶尔路过报亭,不止一次地买上一本或两本,回来翻翻,又无奈地扔进垃圾桶。真正需要到书店去买的书,无非那些在网上无法读到的文本。

真的就不需要文学了吗？我看也不是。中国有十四亿多人口之巨,千分之一的人爱好文学,尚有百万之众的读者群。这仍然是一个不小的数字！关键是,文学已由二十世纪八十年代风行的大众阅读热转为时下多元的文化消费。既然是消费,消费者就有选择的权利。你发表在杂志、报纸的作品如不是读者所感兴趣的东西,必然会遭遇到冷落。这与开饭馆没什么两样,菜品与服务不好,肯定不会再有回头客。纵是有人拼命地炒作自己,读者从心里绝对不买你的账,你就是吆喝破喉咙,又有什么用呢？

不要热衷于发表,不要热衷于出书,不要热衷于自我炒作,更不要妄想不朽。只扪心问自己一句话:这一切有价值吗？

写作,对更多的写作者而言,它只是为自我不安的心灵寻找一种精神的抚慰而已。

声明:该文所论,不涉及职业作家和专业写作者,以及部分不适应网络写作的老作家。

(2011年11月1日)

32　深藏在汉语言里的秘密

博客写到一定的时候,可能就没法再写了。读者读一个人的东西读多了,易生厌烦之情;还有一个原因就是自己不小心会重复自己。

用这种方式来打发多余的时光,记录一段心绪,找回一段记忆,于是你总是惦记着它,仿佛私密的情人。

博文是公开的日记,所以你必须正视它,这对自己的文字是一种挑战。近两年的博客写下来,我发现了自己的进步。不要想着要去发表(从事专业写作,以写作为主业的除外),贴在博客上就权当发表了。我自己是一个业余文学爱好者,目前从事的工作和文学写作几乎没有任何关系。通过博客认识了许多人,有些文字你读着很亲切,与作者是那样的息息相通,你在心里记住了这位博友,引为同类。我说的同类多半出于对人生对文学有一些基本认识,处于不同人生境界的人被自由地合并为一类。从一个人的文字大抵可以看出这个人的心性是内敛的，还是轻浮的。有时你发现了一个好博客，就像发现了一个好菜馆一样，你会情不自禁地接连光顾那里。这是网络赐给我们的恩惠。前不久我在网上找到失踪很久的方英文、嘎玛丹增，刚刚发现的草丛蝴蝶梦。方老师成名很早，应该是文学前辈，他的文字充满了智者的幽默，我在二十世纪八十年代读过他写的散文，一直记着文学圈内这位"活宝"。嘎玛丹增，我是在三年前读过他的散文《乡医刘汝北》。从一篇文章，你完全可以看出一个人对文字的敏感，以及他的文学修养，并由此判断他的文字在当下所处的高度。嘎玛丹增的散文所达到的审美高度让我叹服。我个人以为他是最知道散文应该怎么写的作家。他的散文透着一种独有的精神气质，你不看作者的名字就知道是他的作品。他能根据不同的诉求找到最恰当的语境，仿佛音乐的主旋律一样。可以看得出作家在古典文学上有着极高的修养。一个非汉族的作家能在汉语写作上达到如此高的水准，让我等汗颜啊。汉语言之所以优美就在于它是有节奏的。你读鲁迅，读孙犁，读汪曾祺，读贾平凹，读李佩甫，读周同宾，读刘庆邦，都能寻找到这种优美的节奏和韵律。他们的语言是音乐，是现代汉语写作的典范。我从来不相信这个奖那个奖以及媒体炒作，我只相信我的眼睛。用李佩甫先生的话说，作家永远是靠作品说话的。

我个人的阅读选择是,要么有好语言,要么有好文本(粗略翻翻即可)。好语言指的是两种,除了我上面提到的好语境,另一类就是诗性的语言。譬如像草丛蝴蝶梦的散文诗,她下笔就有灵气,出口就是诗。这是天赋,这样的东西不是谁都能写得出。她的文字丰赡细腻。即便笔下是很小的蚂蚁,她也可以抒写得文采飞扬,神驰八荒,甚至心若止水,让你情有所思——嗯,她写的不是蚂蚁,是我们的父老兄弟——中国的农民,那种骨子里的勤恳与坚韧。散文就是要写得细,细如沙子,就容易见底,自然就有了生命的气息和意蕴。散文是独特的生活发现和独特的生命体验,所以完全没必要让你的作品强行朝博大高远的命题上靠。妄议一篇文章的思想性,并以此作为评价一篇文章质量的高低,毋宁去写学术论文得了。这种老调陈腐的写作理论不知误导了多少人。

(2011年8月17日)

33　生活的气息

空旷的房子,剩下他一个人。就在他掏出钥匙碰触到锁眼的瞬间,他的手指仿佛感到一丝的冷意。

孤寂总是留给空白的。

孩子的玩具撒了一地,有时小崽子会光着屁股,在房子里窜来走去,九岁的男孩儿怎么就不知道害羞呢?

他路过菜市场时顺便买了些土豆,还有火腿肠和大葱。嗯,明早可以做蛋炒饭的。

家里有个任性淘气的小子,每每上饭桌时,贵宾还没到,他的筷子便已戳进了盘子。对孩子的举动,他只有一脸的尴尬,好在大家都是熟不拘礼的老朋友。他不明白为什么有的学校会强迫孩子们读《道德经》。

写作终归不是我们的命,有才子才女为文学殉情。期待着被社会认可,这应该是一种正常的欲望。在一个人默默无闻时,他(她)总渴望能成为名人,渴望被社会尊重;一旦真的成了名人,不管你在哪儿一站,别人都认识你,就像歌星影星似的,光是与熟面孔打招呼就够你喝一壶的。

文学就像爱情,它只是生活的一部分。你爱她,却不可以天天把她拴在裤腰带上。

(2011年7月8日)

34　文学作品的感知与判断

我以为是否具有感染力,是衡量一部(或"一篇""一首")艺术作品的最终标准。至于题材、意蕴及艺术形式的创新等等,古今中外,概可不论。描写人心也罢,挖掘人性也罢,早已被人写绝了,写透了。艺术的灵感只是帮助我们找到一种恰当的表达语言而已,所以,有的文学刊物或媒体硬要在文学作品中寻找到他(她)自认为有思想意义的东西,真是太不可思议了。以鲁迅先生为例,被普遍认为具有深刻思想内涵的杂文,人们看一遍就过去了,很少会有人再读第二遍的。你读懂了文章的大致意思,也就够了。但你读他写的《故乡》,可能会读上三遍或五遍,甚至更多遍。这篇名为小说,却分明是散文的作品,我个人认为,是迄今为止我读过的同题材的作品中,最经典的作品。鲁迅先生用冷峻凝练并饱含深情的语言描绘了故乡的苍凉和"我"那时无比灰暗的心境。好散文贵在情景交融，作家要善于营造契合题旨的氛围，并为之寻找到一种基调或气息。作家驾驭语言的功夫就显得很重要。有人主张用小说的语言或写作手法来写散文，很可笑。那样，将会把散文写得很臃肿。我以为，不可以在散文中有过多的人物对话。关于文本的借鉴，贾平凹先生是文体方面的大家，你翻翻他的作品就明白了。汉语散文对语言的要求应该是很严的，首先要精粹，要有内在的音韵感和节奏感，甚至要有诗的跳跃性和飘逸感，所谓行云流水一般。著名散文作家周同宾先生（其散文集《皇天后土——99个农民说人生》曾获首届鲁迅文学奖）的散文，语言实在是好得不得了。他的语言有一种孤独的遗世之美。

写文章就像是裁缝做衣服，先是选料，然后是量体设计，根据穿着者的体型、职业和气质个性，为他（她）找到适合其特点的款型和样式。

我不知道这种在二十世纪八十年代形成的僵化美学思想，还会影响并误导中国文学多久？

(2011年6月12日)

35　散文应该是美文

汉语文学语言的基本要素是准确、生动、形象,更高一级的诉求是:音韵之美与节奏之美。但凡属于中国的文学作品多半都有节奏之美。在这方面比较有代表性的作家有:鲁迅、罗门、李佩甫、孙甘露、李洱、筱敏、朱以撒、宋烈毅、土家野夫等。这是一个语言的高度,是一位作家在长期的语言修炼中自然形成的。他们对每一句话的音节之多少,甚至每一个分句最后一个音节的尾韵,皆有内在的直觉。后来的许多写作者彻底抛弃了对语言气质与语言气息的追求,让汉语言文学的写作变成了大白话写作,很是遗憾。那么,文学,汉语言文学的魅力也就大打折扣了。

一篇好的散文,它应该是美文。美在韵致,美在肌理,像流水漫过你的肌肤。它有山的雄奇,更兼水的柔情。它是可以朗朗上口的,它首先是对语言的挑剔,汉语言所有的风雅,皆在它一咏三叠的起伏中。它可以像诗一样抒情,像诗一样跳跃,它甚至可以为了某种表达的需要做些许的虚构——因为它是文学。

文似看山不喜平。我个人不太欣赏那种波澜不惊的慢条斯理,不喜欢那种缺乏意境氛围的散文——因为它已失去了汉语言最美的特质。堪当汉语言文学的美文应该是有韵的。在中国现代文学史有一位天才的唯美散文大师,最应该让我们记住,他就是《再别康桥》(与诗同名的长篇散文)的作者徐志摩先生。散文真的没必要硬朝大而深、广而博的政治或形而上的哲学上靠。你读着,分享它带给你的精神审美,这就够了。你没必要把许多不相干的元素都扯到一起,以显示你文章所谓的知识性和文化的厚重。

为追求一种像牛奶样的语言,还真的需要在古文上下些真功夫呢。为了不耽误时间,还是要多读经典,相信自己的直觉,不要听信媒体和"大家"们的炒作,尤其是那些扎着耀眼酥腰儿的著作。

当下有些青春文学和网络文学多半只能满足大孩子们的

胃口。目前"60后"的作家正值创作的旺盛期,二十世纪七十年代以后出生的作家旧学底子普遍单薄,二十世纪五十年代(或在此之前)出生的作家却是一个很强大的群体。事实表明:五十岁基本上是一个作家由盛而衰的转折,诗人的创作更年期则要提前到四十岁,所以有人说诗人是吃青春饭的。年龄大了,也不要紧,可以转写随笔与评论。

(2011年3月6日)

36　再议散文写作的精神高度

有精神高度的作品仿佛都带着一种标记,即从不妥协或屈服于一己的私心,而是努力地站在公平公正、自由博爱的立场上去评判人世纷扰与是非曲直,哪怕是诉说一种心灵的隐痛,凄美中犹见可贵的坦诚与自省。这本身就是一种精神高度。对于一个人的成长,我更关注的是其心灵的成长经历。前不久我偶然读到一篇非常优美的散文,文笔精微老辣,写作技法娴熟,但感觉似乎还是少了一点儿东西,其实完全还可以将题材的外延再扩展一些。有的文章常常是这样,语言结构、写作技巧等都很完美,乍一看好像无可挑剔,细读后却发现空无一物。在内容上缺乏新意的作品就像是忘了放盐的炒菜,食之乏味至极。

文学首先应该是指向作者内心的,因此我们需要的是沉静与深思,需要谦逊的态度与兼容并蓄的胸怀。坐井观天、盲目自大,最终只能是一叶障目不见泰山。除了语言和写作技巧,文章的精神高度与厚度显示的是作者本人的精神气质与历练修养。它与一个人的成长经历、生活环境、知识结构、人生信仰、精神境界等密切相关。一味地标新立异与拔苗助长是最要不得的。

  文学的最高境界是见证人类精神的成长史。无数逾越国界的经典之作无不具备这样的文学属性和品质。

(2010年11月30日)

37　再论散文创作的叙述与精神指向

有人曾就散文的创作这样表述道:可以把散文分三类,一曰回忆型,文字内容多见于往事、记忆、童年、家族及个人成长历程等,因为太依赖于题材,属下品;二曰摹写型,文字内容多见于对个人经历、目睹和感悟等方面的反思,以及个性化叙述等,从中可见个人思想、趣味和精神品味,属中品;三是先知型,文字多出纯粹的心灵反应,精神波动,以及将熟知事物陌生化,对已发生事件的神性延伸等,且风格自成,属上品。

我不知道列位看官在读了上面的一段高论后作何感想。

按照以上的定义来判断散文品质的优劣,我们真的知道文学的力量是什么了吗?当一种被称为艺术的东西触动了我们的灵魂,并引起了我们强烈的情感共鸣和审美体验的时候,常常是这种直觉在告诉我们:读到了精品!有人读了卡夫卡、加缪、博尔赫斯、伍尔夫、艾略特等的作品之后便开始媚外走秀,只把笔锋转向隐秘而纠结的内心角落,一气抒发着只有他自己才懂的心理暗示语言。试问:没有结实的事实,你还叙什么呢?当然,以叙述为主的散文首先应有自觉的文体意识,动人的情节,真挚的情感,娴熟的结构和表达技巧,独具文学魅力的语言,契合叙述主题的语境、意境、节奏等,以及充满神性的精神向度。唯有适合于中国人阅读口味的作品才是中国文学的精品。吴冠中先生在这方面天才的创造性当值得所有中国的艺术家深省为鉴。西方的交响曲很好,但它适合中国听众吗?只有兼容并蓄的《梁祝》才能走进中国人的心中。

散文怎么写?写什么?任何一种画地为牢的导向都只能是一时的心血来潮和一己之见。

作家的创作永远是紧随时代的,现代作家的许多优秀作品是适合于那个时代的精神产物。我们都是穿着文学前辈们穿过的鞋子走到今天的(注:吴冠中讲过类似的话)。就像今天有人把鲁迅先生说得一塌糊涂一样,只要是从事写作的人,谁敢否认他(她)没受鲁迅一点儿影响——鲁迅的思想以及关于文学创作对后来者的指导意义,恐怕在几百年以后也不会过时。

(2011年8月5日)

38　再谈文学的担当

当极少数作家声称不再相信生活是创作源泉的时候,事实上他们在心里已打定了主意:要为改变自己的生活质量而写作。当年鲁迅先生不是也躲在租界里奋笔疾书,写为"正人君子"所深恶痛绝的文章吗?但鲁迅先生的血始终是热的,先生的笔始终是投枪匕首。他是一个甘于为民请命为民呐喊的人,他曾为当时灾难深重的中华民族留下了一尊不屈的脊梁。当代美术大师吴冠中先生正是因为有了二十世纪七十年代"粪筐画家"的海量写生积累,才使他的几乎每一幅作品都散发着震撼人心的光芒。

我以为一个真正有志于长篇小说创作的作家是不可以绕开生活现实的。中国作家无数次地与诺贝尔文学奖无缘,并非我们才不及人技不如人。中国先锋作家孙甘露先生早在二十世纪八十年代的作品曾让我们再次自信并叹服中国小说作家从来都不乏语言艺术和小说结构技巧的天才。

说到底,有担当的作家终归要有一种自觉的历史使命感。那些只坚信半天读书半天写作,并始终只以书斋为阵地,以书本与网络为写作素材来源的作家,支持其作品的精神血脉,除了其早年(或少年或青年)的生活记忆,其实早已乏善可陈。在书斋中酿出的作品多半是造的成分居多,用水和酒精搅在一起勾兑出的白酒,味烈刺鼻。河南有一位二十世纪六十年代出生的作家,我认真拜读他的许多作品,并深信以他的写作实力绝对是可以写出黄钟大吕之作的,可惜的是,他一直没有找对自己的写作方向。而另一位大作家从一开始便把目光紧紧地盯住他的出生地,并惯于从中原腹地的文化出发,用乡村与城市互证的方式,抒写出权力迷信对中国人精神人格的扭曲。这种透着中原气息和作家敏感而独到精神特质的作品,在让你心生敬畏的同时,不得不佩服作家独到的睿智、无畏的勇气以及敏锐的发现眼光。他的更多的关注现实的忧思之作无不是一气呵成的。

无数长篇巨作的成功创作再次告诫并警醒作家:回避或不深入生活现实的作品永远只能是纸质的美丽,有的只是短暂的妖艳。

在此我还想多费几句口舌,我们越来越多的文艺评论家,评了一辈子的作品却不知道什么是好作品。一些满嘴废话的文艺评论家不是理论不够深,也不是表达不到位,而多半是缺乏透视当下中国精神面貌的一双锐眼。

(2010年7月20日)

39　试论散文的时代性及其他

散文,确切地说应该是美文。它的语言首先应该是诗性的、唯美的;应该有汉语言的优雅韵律和节奏,以及美妙的汉语文学修辞技巧等。至于写什么,怎么写,分别是题材的选择与表达技巧的问题。题材的包罗万象,自然会对叙述方式有更细化的要求。新时期散文依然需要结实的事实、身临其境的现场感,但也不排斥个体情绪的表达。颠覆了以事实为主体的散文,剩下的将是文字的盛宴。叙述兼抒情的散文一定要有临场感,有意境,有叙述技巧,学会使用有个性的情感(抒情)语言来叙述。有的散文总像田间地头到处乱叫的蝈蝈虫,见啥想吟啥,见啥想写啥。没有经过情感的充分发酵与酝酿的作品差不多都是所谓以小见大的婆妈之作。

——这不是无病呻吟地故作姿态,又是什么?

文章千古事,指的又是什么呢?文学的价值又体现在什么地方？哪怕是最无关紧要的游记抒情散文，至少语言应该是唯美的，情感是饱满激情的。有人竟用半西化的日常大白话勾兑散文，甚至只求语言流畅、逻辑严谨，完全丧失了汉语言魅力的文本意识。余秋雨先生随处拈来一段史实，便可即兴阐释与演绎出堂堂汉文明的历史文化心理特征，秉持这样的睿智胆识与学问才气的人确是中国文坛的幸事。须知余氏文化大散文的根基是丰厚的学识与阅历，还有敏锐的哲学思考，绝非一般书斋作家能望其项背。如何归纳透视社会政治、经济民生与文化市井，远不是一般的书斋散文作家都具有的文化思维。

　　大凡被称为经典的艺术杰作，一定是让人过目不忘的艺术珍品。这就是作品的感染力。它能触动我们的心灵与思考。艺术的时代性要求散文作家必须重新审视当代青年读者的阅读诉求。如何在继承中国优秀文学传统的基础上，以崭新的叙述方式、语境氛围、结构技巧等来适应社会主流读者群（在校大学、中学生及社会青年）？我随便翻了翻近几年出版的年度优秀散文选和全国著名的几十种文学刊物，除了塞壬等少数几位散文作家，大多数的作家在表达方式、叙述技巧和语言艺术上仍然在沿用"五四"新文学以来的老一套。除了缺乏语言的与时俱进，还缺乏文本意识的创新及适合于中国读者的表达方式。二十世纪九十年代红极一时的上海作家孙甘露可谓先锋文学派的代表,但一味地欧化,仅注意了结构技巧和写作技巧也是不够的。要让作品适合于中国读者的口味就必须在文章的语言节奏、速度及整部(或整篇)语境氛围上下苦功夫。古汉语修养和中国近代、现当代优秀作品的阅读积累、阅读体悟等共同形成了作家的文学个性与艺术秉赋。二十多年前曾拜读李国文先生的《冬天里的春天》,这是一部成功结合了西方意识流写作手法与批判现实主义传统写法的非常之作。现在仍依稀记得小说中那浓浓雾气笼罩中的故事氛围,读者的情绪始终被小说沉郁的情调所包围。我个人认为在当代的中国文学史上不应该遗忘像李国文这样一直低调的文学大师。河南作家李佩甫先生的《羊的门》也同样是一部不可多得的鸿篇巨著。当代散文大家王剑冰先生的杰作《绝版的周庄》,以便于抒情的第二人称叙述抒情,又恰到好处地把水上周庄喻为人体,这种美文给人一种前所未有的新鲜阅读体验。好作品是由有独立欣赏能力的读者自己读出来的,而不是由作者自己炒作经营,或有几个所谓的专家权衡利害关系而综合评出来的结果。不必完全相信媒体和专家(媒体、名人广告已害人不浅),应该更多地相信自己的感觉、认知与判断。

(2010年1月1日)

第二编　美文赏析

1　嘎玛丹增和他的地理散文

虽然试图把当下的散文贴一个不同的标签是荒谬的，但是嘎玛丹增的写作却始终奔向一个强烈的主题——青藏高原那片神秘的远方。在作家的心中一直有一个梦一样的精神情结，他渴望山永远是青的，水永远是绿的，我们的心灵永远像云朵一样洁白无瑕。

我最早读到嘎玛丹增的作品还是几年前的事，就是那篇《乡医刘汝北》，让他的名字与实力散文家画了等号。说句实话，当下的散文作品真正打动我的不多。嘎玛丹增最初的写作与他后来的写作好像有些不同，在题材与文本上有了一些差异。他早期的散文比较着力于文章的氛围与内在的节奏，是属于那种传统意义上的美文。在他后来的写作中，作家好像有意在确立一种属于嘎玛丹增自己的文体，我姑且将其命名为"地理散文"。他的散文从一开始就有一种博大恢宏的气度,篇幅一般都很长,在诗性的叙述中向你展开一方水域,一方风情,一双陌生旅游者的眼睛。你顺着他的导航去踏遍祖国的山山水水。但他所创立的这种崭新的散文文本又绝不同于一般的报告文学,报告文学是略带文学性的长篇通讯。在嘎玛丹增的散文中会出现许多具体的数据,这是在传统美文中应该竭力规避的东西;如果这些东西太多了,它将会削弱其作品的整体氛围。但话说回来,地理散文就其本身来讲,它可能在兼顾文学性与地理性的完美统一。如果仅此而已,它是无论如何也称不上美文的。嘎玛丹增在将散文的地理性与文学性相融合的过程,也正是其不断探索不断臻于完美的过程。他成功了!

我在想:嘎玛丹增为什么这么做?这样做的意义在哪儿?我估计(声明:我没和作家本人见过面)他可能想在散文的文学价值以外找到另一种文本的实际价值。这是一种新的尝试!

我曾经说过,散文要怎么写,真的是八仙过海,各显神通。关键是,第一要真实,事实与情感的真实;第二要有文学性,散文的言语必须比小说的语言更精粹,更唯美,更诗意;要给人行云流水般的阅读快感,要像音乐一样起伏跌宕。但凡写过小说的人都知道,写景与写场面最难。你要写出身临其境的现场感,其实是非常难的。在行文的过程中又不能有停顿,一停顿,气就断了;你勉强衔接上了,文章的瑕疵就出来了。嘎玛丹增是一位功底深厚的作家,举重若轻。写大散文,对一个人的文学修养与生活积淀,以及精力,都是一种较量。它与写长篇小说是一样的道理。

嘎玛丹增不是纯粹以文字为生的作家,他去过许许多多的地方,他一直在行走中写作—沉思—写作,所以,他的作品总能始终保持一定的新鲜度。

如果说嘎玛丹增的写作仅仅是在散文中嵌进了地理元素,那么我在这里说的全是废话。散文写作重在发现,也就是说你的写作必须呈现出一定的精神高度。在嘎玛丹增所有的作品中都透着一种深深的忧患意识,那就是对日益消失的诗意山水、诗意乡村、诗意民风的惋惜之情。这种精神深处的忧患意识其实就是一个作家的道德与良知,同时也构成了一位作家宿命般的宗教意识。

譬如鲁迅,在他一生的写作中都贯穿着一个主题,他毫不留情地用他投枪匕首般的如椽巨笔在剖析着中国国民的劣根性,他试图在精神上拯救当时麻木的国民。

嘎玛丹增的地理散文,既是对传统故乡深情至切的挽留,也是对民族文化的理性触摸,具有引领人心干净互待的精神气象。

(2019 年 1 月 13 日)

2 凝重而唯美的精神抒写
——也谈高艳的散文《黑龙江上》

最初对高艳这个名字的印象,始于七年前的新散文论坛。那个由马明博领衔的网络散文方阵吸引了大江南北的散文写家,有几位特别烫眼,如李汉荣、嘎玛丹增等,高艳便是其中的一位。我读散文有个毛病,凡语言不过关的,内容再好,也不想看,没法看下去。语言可以繁复,但不可密集到没有缝隙;语言可以沉郁沧桑,但不可嶙峻到老气横秋;语言可以明丽飘逸,但不可泛滥到没有节制。语言的氛围十分重要,它关乎你做的这道菜的色香与味道。高艳属"70后",有的是后劲,果然不错,七年后的今天,她在散文审美与写作上所达到的高度,让人惊讶。首先是她对当下散文写作的理解,非常到位。语言的选择,叙述视角与叙述节奏,精神指向,以及对整个文章氛围的把握等,均十分到位。尤其是她的语言有吞纳万里山河之气势,飞逸浩荡大漠孤烟之悲壮,气息饱满流畅,长吟短调,相谐成韵,内在的旋律,一以贯之,不枯亦不僵,不偏亦不绕,不滞亦不腻,明艳敞亮,逶迤挺拔,才气、锐气、激情、器识、技巧同时抵达。把语言修炼到如此高度的写家,实不多见。总之,她确乎有一股力拔山兮气盖世的蛮力。

在一眼望不到尽头的黑龙江上,在绵延无边的白山黑水之间,在深沉无言的东北大地的那一边,是历史不眠的惆怅与呻吟,那是祖国无法愈合的伤口。又有谁能想到在幽深辽阔的巨流背后隐藏着一个国家民族的几多悲苦与屈辱呢?

历史正在以一种崭新而鲜活的面孔被重新打开,被重新释放并徐徐呈现在我们的面前。

如果我们翻翻历史,或是从网上搜寻《瑷珲条约》《北京条约》那些关键的字眼,那兴许只是干巴巴的文字记录,很难激起你浓厚的阅读兴趣。用文学的手段来写历史散文的人很多,但更多的都是些类似于民间故事的苍白叙说,普遍缺乏的是唯美而独特的精神抒写与智慧的发现。无论是语言的张力,或是一脉相承的节奏逻辑,以及对环境的再现能力,对历史事件的解读视角,都不是十分令人满意。高艳既不是历史学家,也不是政治家与思想家,她只是按着自己对历史的理解,以她的世界观与历史观在解读那个沉重的伤痕。清政府是个家族式政府,什么事情都是皇帝一个人说了算,国虽有法,但涉及亲情则可以另当别论。国家缺乏基本的制度建设与合理的治理结构,它不能从体制到组织上保证其庞大体系的高速安全运转。当年的八旗子弟奕山,在遇到那样的局面,他可能有些手足无措,内心的胆怯最终占了上风。在面对眼前这个不可一世并武装到牙齿的强盗时,奕山好像有些摸不准,更有些吃不透。在面对突如其来的巨大灾难时,不仅是身为镇守一方的军事长官奕山缺乏应有的思想准备与物质准备,而且整个国家包括皇帝与整个朝廷对自己的国防战力与民心都缺乏底气。谋略只是治国的辅助手段,它终归只是权宜之计。

术有专攻,业各所长,经世纬国之大道,或许是政治家们操心的事,我们百姓也只是关心。有些历史的问题没法朝深里看,亦没法朝深里说。一个作家的担当显现在其文字中,便是先天下之忧而忧的家国情怀,在打捞历史的碎片中能有所发现与思考,乃至于唤醒与警醒。在时下庸常而千遍一律的日记体写作中,高艳的写作为时代散文提供了一个新的范本。她为山水散文美文化的抒写,开拓了一片属于自己的疆土,为唯美抒写嵌上了一个明晰的精神符号,这或许得益于她对文本意义的深入思考。好文章总是让读者浮想联翩,并有话想说。

(2016年7月1日)

3　再谈如荷的散文写作

　　如荷是信阳市最近几年崭露头角的一位优秀散文写手。在几年前我发现了她的写作天赋。刚刚读过她的散文新作《雪画》。这是一篇读了让人兴奋的作品,我为她的进步而高兴。如荷的文笔细腻,并充满了诗歌清新的特质,所有的写作均属于有感而发,写评论亦如此。一篇语言干枯僵硬、毫无半点文采的文章,你想说它好都难。勉强像挤牙膏似的兑成了一篇,文字也是支离破碎的,一看就是应景之作。

　　一位从事写作的人,千万不可世俗,千万不可趋附于热闹。是的,用心去与一场久违的盛雪幽会,用心体会每一片细碎的雪花飘落大地的声音。如荷的想象是丰富的,她把她想说的话用雪与文学的语言表述得淋漓尽致。一切仿佛都在不言中……这样的写作就让文字顿然有了精神的高度。

　　我感觉,在如荷几年间的卓绝坚持中,她开始真正找到属于自己的文体,以及对写作诉求最完整的把握。这是一位写作者的转折,由幼稚向成熟的一次跨越与挺进。我们在不断的磨砺中知道自省与不足,我们回过头去看自己过去的作品,想把它们付之一炬,正说明我们在成长,我们确乎是成长了。

我盼着如荷不要辜负了自己,一步一个脚印地走下去,美丽的未来一定属于每一位倔强的耕耘者。

(2014年2月14日)

4　那些飘逝的腊月

腊月的乡村终于闲了下来。房屋后面的那片竹林是我们时常光顾的地方,沙沙的竹叶在冬天里铺满了一地,厚若棉絮。竹林里时常也会有斑鸠飞来,"咕咕"的叫声时断时续,我们循着声音一路找过去,却从未见其尊容。后来我曾见到省内画家连俊洲的水墨花鸟画,稀疏而纤弱的几株秀竹,有两三只麻雀瑟缩于竹枝之上,它们是那样地不畏风寒,但分明有一丝悲怆直压得我喘不过气来。我从那幅画中读到的是辛酸与苦难。连先生是荥阳人,他何以画出了我们家乡的题材?后来,在与我弟的闲聊中知道连的妻子正是我少年时寄居伯父家的那个叫"东庙"的生产队的!连先生的岳父就是当年给我看病的那位赤脚医生!

连俊洲本人我也见过,个头不高,不善言语。我还曾见过他画的其他花鸟画,其中有一幅画的是冬天的野鸭。在白茫茫的冰面的尽头是一丛丛或浅或深的芦苇,在暗褐色的水边有两只煞是美丽的野鸭,野鸭是用工笔着了颜色勾画出来的。连俊洲的画有着浓郁的艺术氛围,他对构图与技法的烂熟于心让他在三尺宣纸上神驰八荒。我想,一定是豫南独特的湖光山色、民风古韵深深打动了画家的心弦,他在那里找到了艺术灵感。

在中国当下的画家中,第一个打动我的是吴冠中,第二个人就是连俊洲。艺术是行云流水,它应该是百看不厌、百听不厌的。中国艺术之美,全在一个"韵"字。它美在似与不似之间,它美在浓淡虚实之间。摄影之所以不可能像绘画一样被称为艺术,因为它是一览无余的东西。

在我读初中时,正是文学的荒漠时期,能找到的文学经典寥寥无几。腊月里,豫南人多半会在大雪封门之前在院子里挖上一个大大的地窖,把过冬的大白菜与白萝卜埋下去。晚上放学后我要干的第一件事不是帮着大人搬白菜萝卜,而是掐着点子听刘兰芳播讲评书"杨家将"。

我们家那台二十世纪八十年代初的老式收音机,我真的应该好好感谢它啊。我用它收听到过无数的古诗词欣赏、民族音乐欣赏、北师大李燕杰教授畅谈《塑造美的心灵》,以及王刚播讲的长篇小说《夜幕下的哈尔滨》……它陪伴我度过了我那青涩而憧憬未来的少年时光。理想,在一个乡间少年的心灵之上悄然启航……

我没有读过《红楼梦》,也没读过《诗经》与《尚书》之类。我看的那些书都是些杂七杂八的东西,像"三言二拍"之类。后来在我读高中时有机会看了不少西方的文学精品,那些书全部来自我的同桌。他爸是裁缝,他有几百本中外文学藏书。他每周末从县城回学校总是给我捎上两三本书。我看书不是很快,现在也是这样,但看得比较认真。从我手滤过的书,如果是我特别感兴趣的,我会反反复复地翻阅数遍,就像小时候手抱锄头在地里刨遗落在土里的花生似的,一锄又一锄,一锄挨着一锄,只把土都翻烂了,才善罢甘休。只要有一本好看的书捧在手里,我就忘了寒冷,忘了那些苦难的日子。

我庆幸我们成长在那个时代,那个没有电脑、没有网络的时代,为了作家的梦想,我拼命地朝大脑中填充弹药。可以毫不夸张地说,几十年间我读的书差不多可以装满两卡车。

心潮逐浪高。我为信仰而生,又险些为信仰而亡。是文学给了我对生命与爱情的美好向往,正如诗人顾城所言"黑夜给了我黑色的眼睛,我却用它寻找光明"。文学会把一个人的灵魂抛到天上去,普希金与徐志摩最终成了艺术的殉葬品。是文学成全了我的爱情,也是文学害了我。让一个人彻底放下他一生的追求与梦想是痛苦的,但我必须把它放下,我不能像曹雪芹那样活着,我知道我肩上的责任,我不能把我应尽的抚育后代的责任推给白发苍苍的父母。我不能死,也不敢死。

死神在我的头顶盘旋了六年,我终于从梦魇中渐渐地走出来。文学在我眼里逐渐陌生起来,它在台上,我在台下,我只能远远地看着它。

六年前我随省作协主席团去南阳淅川县丹江口采风,命运之神再次向我洞开了一条门缝。我遇到了我生命中的第二个贵人——散文作家王剑冰。我翻出我在报刊上发的那些小豆腐块给他看,他肯定了我。从他说话的表情,我知道他并非虚与敷衍。我知道文学留给我的时间已不多了,那一年我已四十四岁。我知道,如果现在不拼,我这一辈子,五十岁以后可能就没多少戏了。四十岁至五十岁之间是写散文与小说的黄金期,有的作家甚至要精确到四十六或四十七岁之前。至于有人说老了还能写,其实才情早已与日俱减,作品的品质会明显地下降。鲁迅在四十七岁以后就开始改写杂文了。六年时间,差不多淘空了我一生所有的生活阅历,是故乡又一次给了我写作的源泉。我深爱那片生我养我的地方。是的,我永远是大别山的儿子。

也就是那一年,2008年的冬天,我到了三亚,面对广阔的大海与热带雨林,情感之河决堤奔涌,次年《三亚别恋》荣获全国冰心散文奖。六年时间我写坏了六部HTC手机(最先用的是多普达手机)。真是"衣带渐宽终不悔,为伊消得人憔悴"。

　　对我钟爱了一生的文学,我今生已很难再将它放下——它粘住了我。

(2014年1月19日)

5　文学应该有新的叙述方式
　　——读马宁诗歌有感

　　我大概有近二十年没有认真地读过今人写的小说与诗歌了。没什么看的,千篇一律的,缺乏新意,读着没什么味道,读几行就想把书放下。从"五四"新文学以来,我们一直读这样的东西,读厌了。小说与民间故事的界限总是不分明,似乎小说就该是讲故事,缺乏精神的高度。后来的小说,不可能像《围城》那样让我不厌其烦地读上十几遍。我指的主要是在叙述方式与语言上缺乏创新。如果说到先锋小说,我还没发现有哪一部小说好过孙甘露的《少年酒坛子》,这样的作品永远不会过时。孙甘露是文学语言的成功试验者,他的语言是划时代的,他是一位彻底的唯美主义者。至于后来的诗歌写作,鲜有超越诗人顾城的。更多的作品只是在写作形式上变化,最本质的却是语言。只有在继承传统基础之上的借鉴外来艺术,才不至于失去汉语言文学所独有的韵味。以上仅限于我个人的观点,权当胡说八道。附庸于媒体是很可怕的。

一直到我读到马宁的诗歌。我觉得马宁是一个奇迹,她的诗是指向内心的,是心灵与自然的碰撞。她的诗歌就像是吴冠中先生的绘画,是天才勤奋与中西艺术技法结合的产物。不信,随便取一首读一读,感受一下。

> 向晚
>
> 向晚,我将像一个盲人
>
> 从一片草丛走向另一片草丛
>
> 从一堆火走向另一堆火
>
> 带着轻微的病恙
>
> 陌生人的祝福
>
> 群山的安抚
>
> 草木的清香和孤独

她的诗彻底摆脱了惯常的思维与直接切题的写法。她的这种写法是西化的,有卡夫卡的影子。优秀的诗歌常常赋予我们无比宽泛的联想,你赋予它什么,它就是什么!一首优秀的诗一定要让人读出诗意,读出诗人内心的饱满激情。它指向的是内在的精神审美,它绝非仅仅止步于对事物表象的描摹;它是将情绪附着于眼中之物。这种写法不是一般人就可以随便企及的,它来源于诗人在某个瞬间的灵感与语言的呈现能力。

我猜想,作者可能是在写一个夏天的傍晚,我的心啊,是那样地没有着落。我的情绪有些低落,却不知道为什么。我漠然地目视着远处如脊如兽的群山,心绪难平,怅然若失。作者的高妙之处在于写山不见山,写人不见人。她是在以环境反衬心境,诗歌本身不是靠简单的通感修辞之类的生动词语博人眼球,它为你创造了一个崭新的意境。语言飘逸唯美,意犹未尽,透着黄昏孤恋般的复杂情感,节奏舒缓,想象丰富。

再欣赏一首:

陈年

风吹过,一场雨将要来临

我们和祖父一起把麦穗抢回家

关上陈旧的门窗

上帝的晚餐弥漫着忧伤

大麦洋溢的气息

好像一位女孩刚刚来过

一首好诗之所以让人历久难忘,或许就是其中的某一句,突然把你的眼球烫了一下。

少女的体香?经历过初恋的人,一辈子都会铭记那种迷人的香味。马宁说,大麦的气息是少女残留的香味。你想把它说成是任何一种香型,都是不准确的。我们甚至也可以反过来,用麦粒儿香来比喻一位情窦初开的美丽少女的体香。作者的汉语词库是多么地丰富,就像流水线上飞驰的零部件,随手拈来。

我接触过几位诗人,诗人一般是活得最真实的人。马宁从来不掩饰她自己,她有时甚至会说出一些不吉利的话。我读着读着,眼里涌满了泪水。我读懂了。隐藏在器物之后的是我们无法逃避的自然规律,在丰富多彩的大千世界的背后是我们无法掩饰的万丈雄心。

余生

缓慢的余生

也许应该这样度过

用慢下来的语速

对着树洞说出心中的秘密

用模糊的眼神

对着亲人的遗像发呆

用麻木的耳朵

拒绝人间的蜚短流长

用不再热烈跳动的心

去热爱一只折断翅膀的小鸟

一朵瑟瑟发抖的夜来香

用不再灵巧的手指

在忧伤的雨夜,黑色的键盘上

敲出一封变更地址的信

用我剩下的一点点力气吻你

流在我嘴里的泪水

苦涩,有点孩子似的委屈

最后我用岁月足够的耐心

等待一场葬礼的终结

  今天下午三点半,我收到马宁寄来的诗集《小镇美如斯》,翻着,读着,感动着。她的诗是有韵的,几乎每一首都是适合高声吟咏的。我个人认为,中国的文学、诗歌、绘画、书法,皆贵在有韵。韵,就是意境。一旦失去了韵,也就失去了全部的审美价值。现当代汉语言文学方面的代表作家,像鲁迅、贾平凹、李佩甫、王跃文、苏童、夏磊(江西散文作家)等。他们的作品让你感觉很厚重,读着很过瘾,那种内在的语言节奏确如行云流水一般,让你深深陶醉在汉语言所营造的那种浓浓的氛围中。我由衷地喜欢这样的作品。细心的读者会发现,马宁的诗有些句子是同一个韵脚,每句的最后一个字差不多用的都是比较响亮的音节。十年铁杵磨成针,由此可见她非同一般的文学修养。不是我不喜欢诗,而是我一直没有读到真正打动我的好诗。写评论,常常是这样,一旦读到好的东西,想闭嘴都难。

(2013 年 11 月 17 日)

6 伴着泪水读江南的那些文字
——简评湖北襄阳籍散文作家江南的散文《流年》

每次读江南的那些文字,我的眼里都会情不自禁地涌满泪水。他写的那些在农村的经历是我所没有经历过的,有无数的中国人和江南一样,为了有一口饭吃,而不得不放弃自己心中的梦想。我能感受到他当时的心境。他的散文为湖北襄阳那个偏僻的县城保康记载了一段史家无法书写的历史,文学对历史的书写其实比历史文本更真实更可信。

曾不断有文友向我询问:散文该怎么写?尽管我已啰唆了那么多,但我觉得它都不能像范文一样来得更直观、更具体。就像一个刚参加工作而不知道工作流程的新员工,最好的培训方式就是找一位老员工带带他(她)。江南吃过那么多的苦,受过那么多的委屈,在他稚嫩瘦弱的肩膀上承载了连成人也几乎难以承受的生活重负。仿佛在一间漆黑的老屋中,透过头顶上那一片明瓦,他看见了皎洁的月光所带给他的那一丝光明。那就是他心中不灭的梦想,文学一直在远方向他招手,向他深情地呼唤。即使在食不果腹、衣不遮体的日子里,他还想着去读《红楼梦》。

　　江南的散文迎合了我所有关于对散文作为美文的全部审美诉求。他太会写,太知道该怎么写,而且又有能力把散文写好——他是一位十分优秀的散文作家!他知道怎么把一件十分感人的事情叙述得熨帖相宜,详略得当。他的散文呈现的是一种大气象,为此,他在叙述的过程中不惜花了诸多的笔墨来写景,用环境来渲染与反衬"我"当时灰色与矛盾的心境,同时,这种"闲墨"也恰到好处地缓解了文章的节奏,并为全文营造了一种悲怆抑郁的氛围。现在那些大红大紫的小说作家与散文作家(甚至是一些所谓的名家)早已丧失了这种文学表达的能力。事实上,这就是写作的难度与高度所在。两位作家写相同的一个题材,怎么才能显示出文笔的高下呢?分晓与差别即在这里。

　　老话重提,在这里,我还想补充说明一下,散文写作与练习书法是一样的,需要经历三个境界。这三个境界是:平正,险绝,平正。刚开始写作时,你一定先从模仿开始,先入规矩;然后是追求变化与形式;最后又要老老实实地回到"平正"上来。我们不难看出,江南的写作是非常严谨的,他对整个文本的把握是十分认真的,这种文本意识对已经拥有丰富写作经验的写作者而言,它是一种自觉的行为。譬如,贾平凹的所有作品都有自觉的文体意识。就像你写一幅毛笔字,在哪里下笔,第一个字该怎么写,行距留多宽,每个字的大小与笔画的轻重,字与字之间的关系,大致在哪里收笔,等等,一定要事先想好,一气呵成。如果中间有停顿,你这幅书法的整体气势就没了。凡是缺乏整体气势的书法,都是败笔之作!一幅好的书法作品一定是在书法创作灵感喷发的瞬间所完成的。如果你再让书法家写一幅相同的东西,未必是一模一样的。灵感即是在某一刻情绪的轰然泛滥,你错过这一刻,你将再也写不出来了。就像现在,我激情澎湃,想评说江南的文字一样,过了这一刻我就无处下笔了!

(2013 年 9 月 13 日)

7　欣赏一篇山水美文
——简评丰灵散文《汤家岗》

这是一篇迸发着才气与灵气的优美散文。我的眼前仿佛站着一个纤弱的女子,她弯下腰,轻轻地搓了一下手,猛地举起百斤重物。汤家岗,或许就是一座名不见经传的小山丘,有什么好写的呢?又该怎样下笔来描绘它呢?

单纯地写写景?或是一头钻到历史的故纸堆里,乱嚼一气?怎样写,才能让读者有记忆?

在灵感迸发的那一瞬间,估计以上的问题都是你无法回避的。我们怎么可以说文章想怎么写就怎么写呢?

凡是那种随意写作的人,一辈子都不可能出精品。精品一定是有难度的写作。

丰灵并不是一位特别有名气的散文家,但她的作品在那里。懂文字的人都不是睁眼瞎,应该知道文字的好坏。文似看山不喜平,饱览斯文,苍茫浩渺,霓裳惊艳,妩媚多姿。在写作手法上则匠心独运,譬如文章的第二节写历史遗迹,只是点到为止,下笔与收笔都很巧妙。

作者不仅很有才气,而且驾驭语言的功力非常强。我曾在网上读到许许多多才女的好文字,由于其语文功底太差,文字读着总感到硌牙。我想说的是,如果一位写作者不擅于锤炼自己的语言,纵然你有天大的才气也是白搭!你有一把好语言,最少还可以做一名很优秀的中学语文老师。如果你不具备这些基本功,你一辈子就只能眼高手低!别人的东西,你看不上,你自己写的东西总有瑕疵。

就是这篇《汤家岗》的美文,有一次参加某征文大赛,获得的却是三等奖。我很为她抱不平。

(2013年8月21日)

8　古人写的诗与今人写的诗有何差别

牧青按语：以下两首诗词是我们的老祖宗、唐朝的大诗人二李的诗。李白是一位天才诗人，被誉为诗仙，他是迄今为止中国唯一享誉世界的大诗人！不信，您到美国、英国或俄罗斯等国家，问一下国际友人：您曾听说过中国的哪位诗人？——李白！也只有李白！

艺术常常就那么残酷，一个时代的光辉与荣誉都属于金字塔顶上的那一个人，其他的统统成了陪衬！

我时常感叹于古人与今人写的诗。今人写的诗（包括新诗）有许多许多都不是诗，是谜语，是干瘪的略带些哲理意味的长短句子的拼凑，没有半点诗情与诗意。诗人们写的诗也只有写诗的人才看，相互地捧臭裹脚。诗人们的诗只有写诗的人才去评，评去评来，还不是自拟的一套标准？

读诗,只有读老祖宗的诗,才过瘾。你觉得他们写的诗是音乐,是流水,是惊涛拍岸,是盘马弯弓,是乱云飞渡,是三潭印月。有那么一句或两句,顿然就成了千古绝唱!

至于新诗写的是个什么样子,我在这里就不再援引"范例"了。得罪,阿弥陀佛。

继续检讨一下,后人写的散文超过老祖宗了吗?也没有。后人的作文普遍缺乏智慧,它不能在宗教伦理与精神道德上给人更深更广的启迪。所以,散文家朱以撒说,我现在只能读古文。

我不是主张复古,复古是墨守成规。我们要想在文学艺术上有大的发展,眼光还须朝先祖们那里多看一看。

(2013 年 8 月 22 日)

9　有感于《美丽南湾湖》征文

　　由于我是信阳人,不管什么时候总爱关心家乡,关心家乡的事。前不久由信阳南湾湖景区发起的这期征文活动,按说是一个很有意义的事。怎奈,一朝被蛇咬,十年怕井绳!作者们都被那些江湖文痞骗怕了,拿了人家的文章结集出版,名利双收的永远是主办方。搞征文,关键是要能征来好文章,要想征来好文章,关键是要有广大文学作者信得过并认可的评委组。这年头,懂文字好坏的人倒是不缺,但能秉持公平公正的人太少。

　　我前前后后也一直在时不时地关注与阅读那些来打擂的征文,感觉特别好的文字太少,几乎没有。也有写得不错的,但还称不上是精品。应征文章普遍存在的问题是写得太泛,不够细,所以很难形成氛围,不能给人以身临其境之感。更多的文字都像是新闻专题,缺乏特有的场面描写,感情也不够饱满。散文不同于简单的记叙文,也不同于新闻报道与报告文学,它更倾向于对生活要有独特的发现与独特的生命感受,文笔需要有自己的个性。

我去南湾湖太多了,去多了,也就麻木了。我盼望着有更多更好的写手能抒写出不负那片丹青圣水的好文字!

写作散文与写小说的黄金年龄一般在四十岁至四十八岁之间,像我这个年龄的人差不多已经在走下坡路了。搞征文远不如搞定向邀请笔会更有成效。目前,在全国的散文创作队伍中,有那么四位"70后"(江西省有两位男士,安徽省有一位男士,山西省有一位女士)文笔很野。我看人从不看什么名气之类,只看其作品。

(2013年8月17日)

10　美学星空中的另一颗璀璨明珠
——读胡小胡的美学著作《艺术的价值》有感

我在读初中二年级时开始痴迷文学,那时也就十三四岁,一直到1992年我彻底地将文学放下。应该说我对文学下了整整二十年的苦功。1992年至2005年,整整十三年我几乎没再想过这个百无一用的东西。这十年,我只是偶尔读读一些畅销小说,更多地是在看一些涉及商业管理方面的书籍与视频。我想,我将来得挣钱啊,必须为我的将来做一些准备。那时我读到的第三部畅销类长篇小说就是胡小胡先生写的《蓝城》,后来也看过根据小说《蓝城》改编的电视剧(注:《蓝城》是1997年中国当时最风行的长篇小说)。那篇小说给我留下的印象是,现代而且唯美,作家很善于掌控大场面,文笔繁复优雅,氛围浓郁。小说中有许多环境描写涉及美学欣赏,你能感觉到作家的出身非一般寻常家庭。2005年的夏天我到了大连,还专门打车到小说中提到的富丽华大酒店去了,想在那里住一晚,一问房价,吓跑了!

后来我从濮阳搬家来郑州,那本小说找不着了。越是找不着的东西,你越是惦记。我去年索性让人在网上给淘了一本二手货。拿到手,我反复翻了几遍,好像这小说不是胡小胡的作品似的。买着赝品了?不是。文学永远是随时代的,我自己的审美观与味觉也在某一个早晨发生了悄悄的变化。但有一点,我不会判断错,胡小胡绝对是一位天才型的作家。他在中外艺术审美范畴的深厚修养非一般人可比,他更是汲取了中国传统文学与西方文学的广博滋养。胡小胡是一位不事张扬的作家,他原本是清华大学建筑专业毕业的,业余从事文学创作,现任辽宁省作家协会副主席,快七十岁了。二十年过去了,胡小胡已两鬓斑白,我也不再年轻。

我读中学时,语文与英语成绩比较突出,语文一直是班里第一名,英语是前四名,其余功课都一般般。在高中二年级时我曾得到一本王朝闻主编的《美学概论》。以一个高中生的理解力去读那本大学中文本科的教材,无异于在读天书。不要紧,我看书有一个特点,我会不厌其烦地反复读,反复读,一直读到记住了,差不多理解了,方才罢手。我在初中时读古文,从不放过任何一个不懂的实词与虚词:夜里,人睡在床上,用手在肚皮上反复画写白天没记牢的那个词;次日晨起,再温习一遍。立志将来要当大作家的强烈欲望,时常在胸中咆哮着,燃烧着。那种不着边际的雄心抱负,一旦燃烧起来,就会化作巨大的精神驱力。为了文学,我时刻都在心里鞭策自己:每天必须为理想做点儿什么!

今天我读了胡小胡写的《艺术的价值》,我个人以为这本书比王朝闻主编的《美学概论》、李泽厚的《美学历程》、朱光潜的《美学书简》以及蔡仪、宗白华等公认的美学大家们写的都好。无论是随口吟咏的范例,还是其丰富多彩的论述,胡小胡的语言是属于文学的语言,以上几位美学家的语言是学术的语言。胡小胡是真正懂文学、诗歌、戏剧、音乐、绘画、雕塑、建筑等诸多艺术门类的行家里手。就像作家与大学教授,孰优?肯定是前者了。奇怪的是,现在作家们却一窝蜂似的去争做大学的客座教授!

胡小胡是一位敢于说真话,从来都不是站在一己私利的立场而虚拟一套审美标准的人(这种虚荣透顶的文人,在现代与当代都一直层出不穷)。他说,任何艺术都是不可模仿的,哪怕是你模仿你自己。他说,纵然对同一件艺术品仁者见仁,智者见智,但依然有判断其高低上下的界限。这个标准就是艺术创作的技法难度与艺术品本身所呈现的艺术氛围。我读到这里,眼睛有些湿润了。我终于找到了关于文学审美的标准。有人说,文章想怎么写就怎么写,绝对是错的!任何艺术的创作都必须讲究技法,并遵循一定的基本创作规律,文学当然也不例外。

(2013年8月10日)

11　一次难得公正的文学征文大赛
——感动于江南获奖

江南是湖北襄阳市保康县的一位乡村作家。我从网上走进了他的博客。那几天我就像着了魔似的,天天趴在小江南的博客上。他优美的文笔,他所历经的苦悲,让我感到一阵阵锥心般的疼痛。他是一位非常有才气的文学青年,他的文字是以悲剧的力量打动人心的。后来,也就是五个月之后,小江南告诉我说他的《乡村葛痛》获得了襄阳市"会春杯"文学大赛一等奖。我为他感到高兴,更为市大赛组委会的公正而感到欣喜。

我时常见到这个征文、那个大奖,看过一、二等奖获得者的作品竟远不如三等奖或优秀奖的作品写得好。我自己也曾受过这样的戏弄,在颁奖时我没过去。没什么劲,我也懒得去说什么。对写作,我一直以为:你是在为你自己写作,不要追求博客的点击率,人为地去搞什么推荐博文,或雇专业的水军组织灌水吹泡泡之类。那么多的人在你博客上乱哄哄的,你还能静心写作吗?各写各的东西,也不要和别人争论,更不要和别人就某一观点去较什么劲。如果是那样的话,一个写作者与街头的村妇与小市民,又有什么差别呢?

一直到现在我都不明白,为什么身为文人,有些人却总是大言不惭地干着商人的勾当?!为了可怜的蝇头小利而自贬身价,让人瞧不起。如果换了我做评委,你就是打死我,我也不会违心地把干瘪无味的烂文章硬说得天花乱坠般的如何好。天下读书人又不是睁眼瞎,明明皇帝身上一丝不挂,你偏偏捧着陛下的屁股,振振有词地说:陛下,您的新装真美呀!

"文以名传"说的是什么?名应该指的是一个人的好名声。中国是一个有几千年文明史的大国,"罪莫大于无道,怨莫过于无德",己之不正则难于正人。诚信只是道德的起点,道其实说的就是规则。一个人不懂做事的规则,就不会有人和你玩儿,这就是君子与小人的本质差别。小人见利忘义,什么都不顾忌,所以别人都只好远离他(她),关键的时候更不会有人再帮他(她)。什么是做人的底线?底线就是做人的原则。那些拿了别人的心血之作,堂而皇之地结集出版,版权从此归在了自己的名下,有些景区就是靠这个而一举囊括天下美文。可怜那些苦心沥血、废寝忘食的作者只能讨些残羹冷炙,给某人个优秀奖安慰一下情绪吧!

遇到这样的文学"三道头",你还没法与人理论,只能是吃一堑,长一智,因为文学的话语权并不在作者手上,专家评委能找一百条理由来反驳你,让你自取其辱,白费口舌。近几年,我花了一些时间,读到了一些优秀作品,总是难耐激动与欣喜,便冒昧随手拿到博客上与大家分享,百分之九十的作者和我都不认识,我期望以这种方式为大家提供一些文学范本,供同好们参考(对我自己也是一次再学习)。我说了一些作者的好,也随口说了一些小缺陷。一个人写的东西被人评,被人关注,首先说明你写得还不错。如果尽是一片甜言蜜语,是不是太假了?人无完人,那么作品呢?肯定也不会尽善尽美。如果我说你十全十美,诗歌写得比李白还好呢,那么,你肯定就是赛过诗仙的圣人了!中国两千多年才出一个孔圣人,我们充其量只能是凡人。无限地被拔高,只是一种鼓励。对年轻的作者而言,我们自己要知道自省。有些年轻的作者原本很有才气,由于过于高傲与孤芳自赏,对自己文字上的瑕疵视而不见。其实他们与文学大家的高度可能就差那么一点点儿。有的则是被一些过时的文学理论所误导,与时代文学的正途越走越远,他们不知道该写什么,更不知道如何写。谦受益,满招损,不积跬步,难以至千里,前面的路还很长,我们还在路上。有了这样的平静心态,你一定能走得更远。

(2013年5月5日)

12　呈现在散文中的忧世情怀
——兼谈闵顺柱的散文《天柱山之行》

中国的知识分子自古以来，为文落墨似乎都有一种自觉的精神担当，范仲淹在《岳阳楼记》中就说"居庙堂之高则忧其民，处江湖之远则忧其君"。即便是以抒写山水闻名于世的散文大家柳宗元，在《小石潭记》中亦寄寓了自己怀才不遇、被贬弃用的落寞之情。为什么会是这样呢？我以为这是一种深深的爱国之情，怨的背后潜藏着深深的爱。最突出的是三间大夫屈原，还有杜甫、白居易、苏东坡等一代文豪巨子。

对散文的写作者而言，到了一定的境界是可以文无定法的，它在写法上呈现的也是多姿多彩。我在这里所说的境界指的是人生阅历与艺术修养及学识修养方面的综合素质。散文大家嘎玛丹增所有的作品都念念不忘环保。闵顺柱先生不是搞文字的,写作只是他的副业,他的专业是美术,近年来主要从事建筑装饰设计,他能把散文写得如此之美,大大出乎我的意料!在当代的画家中,文笔让我最佩服的是黄永玉先生。具体到《天柱山之行》这篇散文完全也可以不这么写,后半部分似乎也可以切去不要,但那样的话,文本自身的意义就大打折扣了,给读者留下的印象就不会有现在这么深刻。他这篇文章在动笔之前,他可能没想那么多,只是记叙而已。语言的功夫到家了,一切都会顺理成章,所以说语言对一个写作者而言是非常重要的。天柱山,我没去过,他去时却赶巧了,赶在了雨地里,赶在了云雾里,于是就有那样生动而曲折的经历。真是无心插柳柳成荫啊。

　　对一位读书人来说,书读得多了,并不全是好事。中文系毕业的人,一下笔,那些脑海中沉淀的信息就会泥沙俱下地倾泻而出。中国当代有影响的长篇巨著多半都不是学有专攻的科班作家写出的。贾平凹、陈忠实、李佩甫、胡小胡等都不是全日制中文系本科毕业。这里面还有一个问题,非中文系的人有志于文学,他(她)在心里有一种紧张感,觉得自己先天不足,就去拼命地读很多书。闵顺柱说他读书不是为了要写作,只是为了提高文字的表达能力。在这种平静的心态下去读书就自然摒弃了功利之心。在最近的几年间,他经常问我该读些谁的书,他读完一本就和我说说体会,然后我再给他推荐第二本、第三本……如此下来,三四年间,他确乎读书不少,亦长进不少,这是我没想到的。

《天柱山之行》的前半部分,尽管语言很朴实,但由于身临其境,写得却很生动。生活的本身就蕴含着艺术!譬如,写车子在泥泞中盘旋而上,写当时的紧张心态,"不知什么时候,车上的音乐哑了,欢快的人声也停了,只有汽车爬山时发动机发出的那种低沉的吼声,还有风挡玻璃外那两个雨刮器有规律的沙沙的声。车窗外低沉压抑的天气顿时变成了压抑的气氛挤进车内。我们不能转头回去,只能硬着头皮向上攀爬"。"沿途除雾雨以外,什么风景也看不到,我们的车就像一个打湿的甲壳虫,在蒸汽弥漫的大蒸锅里乱爬。"比喻极其生动传神。文章的后半部分,作者着重写对目前中国建筑文化的忧虑,那个天柱山的"卢浮宫"留给我们的只是一堆雷同空洞的建筑垃圾。

写散文并不难,写好散文却并不易。让人读过后留下深刻的印象是判断一篇散文品质的唯一标准。我最不喜欢的文字是,每一笔都让人看着眼熟,把一句话变成十句话,在那里绕来绕去,处处都是模仿别人语气的痕迹。在散文写作中可根据自己的专业长处嵌进去一些非文学类的东西,也很有趣,但切记一定不能使用新闻语言或报告文学语言。胡小胡在其长篇小说《蓝城》中就用了大段的篇幅来写美食、建筑、绘画及足球,这些闲笔极大地丰富了小说的可读性与知识性。

(2013年5月2日)

13　唐晓芙为什么果断地拒绝了方鸿渐

《围城》中的方鸿渐在与苏文纨半推半就、模糊不清的纠缠中认识了艳若桃花、一尘不染的唐晓芙,唐晓芙似一道耀眼的光焰在他眼前闪过,照亮了他不知所措的爱情,他毫不犹豫地像飞蛾般扑了上去。按说方鸿渐与唐晓芙也没见几次面,是方鸿渐惊异于唐晓芙的美貌,这样的爱情委实只是方鸿渐的一厢情愿,就像现在的老师追求班里漂亮的女学生一样荒唐。曾仕强先生说:爱情是什么？爱情是你情我愿,是彼此心灵碰出的火花！一个人在年轻时多半心智都是不成熟的,匆匆抓到手的东西亦并不都是爱情。沈从文与张兆和,徐志摩与陆小曼,钱锺书与杨绛,梁思成与林徽因,他们的爱情是有差别的,有的是男追女的一厢情愿,有的是琴瑟共鸣的你情我愿,其悲喜剧的结局从一开始就注定了。

有人以为可能是苏小姐在她表妹面前抖出了方鸿渐与鲍

小姐在归国游船上那段逢场作戏的丑事,确切地说应该是厚颜无耻的鲍小姐玩弄了寂寞无聊的留学生方鸿渐。唐晓芙不愧是锐眼识浊,火眼金睛。方鸿渐是吃着碗里看着锅里的轻浮之徒,压根儿就没什么做人做事的底线,一边与苏小姐不清不楚,一边就觑上了人家表妹,而且是通过苏小姐认识唐晓芙的!首先他的人品就大打了折扣。什么是做人的底线?做人的底线就是做人的规矩。如果说,我们一开始做错了,最后自己悟出来了,知错止足,幡然省悟,亦不失为浪子回头。方鸿渐最后选择了孙柔嘉,实在不得已而为之,只是退而求其次而已。他真的是一个没心没肺的家伙!一个混账!苏文纨亦如此,最后嫁给了同样浅薄无知并爱好虚荣的曹元郎,真是王八看绿豆。苏文纨头顶着一个明晃晃的文学博士,逢人便拿出来炫耀一番的那本什么十八拍的诗集,不啻为时代留洋学子的一大笑柄。《围城》是一部充满冷幽默的讽刺小说,那些令人啼笑的人生经历无异于玩魔术不小心露了底的艺人,形式与内容的矛盾恰好构成了幽默的本质,以至于在今天我们依然可以看到无数这样的人生闹剧。钱锺书先生说,人生是一本大书,他只是走在人生的边上。就是这位谦虚到家的时代巨子写下的那些辉煌巨著如《管锥编》与《谈艺录》,对国学认知肤浅的我辈而言,则无异于天书!

  深陷在爱情中的人容易被甜言蜜语冲昏了头,尤其是那些单亲家庭出身的女孩子。由于在他们成长的过程中缺少父爱与母爱,他们渴望着被关心被怜爱与被呵护,所以,有人说理智并非时时处处都能战胜情感。婚姻原本就是错——这是三毛说的。三毛最后自缢身亡,连她自己也成了千古之谜。我想说的是,在选择那双要穿一辈子的鞋子时,从一开始就应该睁大了眼睛,多看看,多转转,宁缺勿滥,总比遗憾终生要强。是现在落入剩男剩女的行列好,还是结婚后有了孩子再去撕心裂肺地离婚好呢?拼命追来的幸福就像夏天捂在手里的冰棍,不小心就会化掉。主持人与影视歌坛明星的爱情并非一般的凡人都可以养活的爱情。女人是花儿,男人就是那一池富含养分的春水。把婚姻说成是人生的将错就错,实在是人到中年的无奈叹息。有那些爱美的驴友到鲜花遍地的野山他乡,总喜欢把蕙兰连根拔起,想移到自家院里贵养起来,其结果既破坏了生态,又白白耗费了许多精力。蕙兰暗香馥郁,美艳动人;但它只能长在深山里,长在它适合的那片土壤中。或许只有山里人才配养活那绝色的尤物,因为山里人深知蕙兰的脾性。

  人生所有的幸福好像都不是追来的,是等来的。你在等另一个叫"缘"的东西,而那一半呢?也在等。爱情一定是两情相悦,追来的只是结果,不是爱情。过去,也就是我们读书的那一会儿,接受的正确爱情观是这么讲的:爱情是彼此在长期的工作与学习过程中自然滋生的纯真美好的感情。当年北师大的李燕杰教授出了一本小书叫《塑造美的心灵》,我如饥似渴地捧在手里,研读再三。现在的小年轻好像都不信这个了,他们信网络,信一见钟情,忽略爱情发生的环境与情景。有的只是在某个时间点或某个场所与某人相遇,把好感误读为爱情,把蓄意的虚情讨好理解为对我好,实在是差之毫厘,谬以千里!殷勤的男孩只需一片花言巧语,再加上鲜花美食与小恩小惠,嘘寒问暖,"爱情之花"就悄然开放了,实在是幼稚得可笑。凡是那些情人节里捧着鲜花向女孩大献殷勤、上下班时等在女友单位门口接人的眼中唯有爱情的奶油须眉多半没什么大能耐,真正有事业心的好男儿没时间去干这些表皮光亮的无聊之举。有丰富生活阅历的人,总能一眼就把人看到骨子里。

我们家乡有句话叫"闺女好养,婆家难寻",说的就是父母给闺女找婆家的难处。当家长的,孩子大了,对儿女的婚姻大事,我们不敢说得太多,只能给他们提供大方向。我写下以上的这些不该我这个年龄的人谈的话题,只是想给处于人生重要关口的年轻人一点忠告。

(2013年4月30日)

14　先锋散文作家宋烈毅作品赏析

　　宋烈毅是安庆的一位诗人,偶尔会写写散文,前不久刚出了一本散文集。我曾去他的博客专寻他的散文来读,他轻易不在博客上晒,说报刊很忌讳作者的这种行为,他可能想用稿子换俩钱花(后来我让人在网上给我买一本,这是我第一次在网上买同时代散文作家的书)。唉,怎么说呢?我只能说,他不具备前瞻的商业眼光,眼睛紧盯着某一棵树,他始终望不见森林在哪里。

　　言归正传,宋烈毅的散文,一般人瞄一眼,可能会觉得不咋的,但在我眼里,我觉得他的散文好得不得了。用王剑冰老师的话说,就是那种大技巧,已臻大化之境的好啊。他的语言就像刀切的一样,指向非常准确。他一定是结合了汉语最美的潜质与诗人的灵性与契诃夫语言的严谨,他用他细长的手指,在电脑上敲下的每一行文字,没有一个是多余的,都恰到好处。如果不是生活视野限制了作家的眼光与境界,宋烈毅的散文将会尽善尽美。在当下,"70后"的作家中,我最欣赏的是宋烈毅和傅菲。这俩人好像很傲,说不上来。这是废话,我又不认识人家,我只是喜欢他们的作品。

宋烈毅的散文在写法上,结构很巧妙,很高明。他写拆迁,却没有一笔是写拆迁场面的,更没有一句激愤之词。拆迁正好就发生在母亲病重、生命垂危的时候,那些该死的骚扰一刻也没停止过,就连老鼠与蛇也被骚扰得四处搬家!(颇有点卡夫卡作品的味道!)他把笔锋一荡,又写开了窗外那棵肥硕的黄杨。看似闲笔,其实是精心设计的。从文章的节奏上又起到了张弛有致的效果。但作家却采用了象征的手法来写的:"我家窗子外面的那棵黄杨树在夏天里生了虫子,当我们发现时,树叶差不多就要被吃光了,那是一些学会了伪装的虫子,挂在树上隐瞒了我们的眼睛……"

作家很少写他母亲的病情,只是以此作为展开叙述的线索。文章的第一句话,可视为点题,或者说破题。由于作家善于将实与虚结合得恰当好处,所以整个文章就自然有了起伏的内在节奏。在文章结尾的时候,作家用虚写呼应了开头的实写。正是那些像茅草一样疯长的欲望,才使我们不得安宁啊。

一位真正的写作者,他的内心从来都是平静的。因为他只为他自己写作。宋烈毅的散文,无论是语言的张力与准确性,还是文章的精妙构思,在当下的散文写作中,均达到了极高的境界。以上只是我粗浅的分析,有兴趣的文学爱好者可慢慢细心地体会。

(2013年3月31日)

15　读傅菲的散文

　　傅菲是一位年轻的老作家。写散文,写得那么多,而且品质又那么好,这样的作家在当下其实并不多见。说到散文,我们似乎不应该只是将目光停留在"五四"以来那几位老面孔上。总之,今人断然不肯说今人的好。体制带给时代的通病是嫉贤妒能,你越是写得好,越是被踩着不让你出来!散文在最近的几年,也就是十年的样子,得到了飞速的发展,语言与文本得到双重提速。傅菲是当下让我特别欣赏与关注的一位散文家。他的写作一直在朝前走,语言越来越好。读他现在的作品,与其十年前的旧作,你能感觉到他在语境上的不断修炼。他有意去掉了那些让人眼熟的东西。傅菲的散文常常起势不俗,有一种振羽欲飞的姿态。同样是写小事物,你瞅着那文章的标题(嗯,这文章怕不好写吧?),他的思路异常地开阔,开阔得让你一次又一次地吃惊。大散文家啊!

小个子的傅菲,身体里储存了巨大的才情,像火山喷发,烈焰滚滚,光电耀眼。文字被他赋予了特有的不可一世的浪漫激情与滔滔连绵的气息,你丝毫感觉不到他是在冥思苦想。我喜欢他唯美抒情中那淡淡的忧伤与叹息,像春天倏然一地的桃花。我能读懂他心中的苦涩与挣扎。苦难一边成全了他的写作,一边却成为他心中无法去除的隐痛,正如年年岁岁那开了又谢、谢了又开的姹紫嫣红……

一篇小说是否生动耐读,最终还要靠语言的功夫。傅菲的作品几乎每一篇都充满了诗意,在写作形式上从来都不拘一格!真正的炉火纯青!语言在他的手上就像是一柄千磨万磨、闪着青光的宝剑,削铁如泥,所向披靡,锋利无比!既没有传统的迂腐,又规避了时下白话的轻浮缥缈,缜密精微并富于张力。傅菲是"70后",他成名得比较早,十几年前他就在《人民文学》上发表系列散文,尽管那时他写得也非常好,但他早期的作品多少带有炫技的瑕疵,语言也有些过艳。今天再读他的作品,依然激情饱满,气息浓郁,语言飘逸唯美,意蕴深刻,老辣醇厚,让人百读不厌。

傅菲的成就主要在散文方面。他是我最喜欢最欣赏的散文家!真挚、语境、发现、识见、文本,共同到场!散文不需要什么创新,把以上的元素都把握到位了,就是好文章!在书法创作中,有"平正—险绝—平正"之说,我想,散文创作亦如此。我们首先要依照一种规矩,然后再打破规矩,最后就自然地进入了出神入化的大化之境(即随心所欲)。

(2013年3月23日)

16　名篇欣赏:《我怀念》

名篇欣赏:我一直迷恋李佩甫先生的语言。你只需读上几行,就知道是谁写的。柔软细腻,疏淡清雅,端庄沉郁,富有哲学的意蕴。流水般明净,雪花般晶莹。细细品味,有点儿鲁迅的影子,但比鲁迅的要温婉含蓄。我喜欢这种缓慢的节奏,静静地流淌在岁月的深处,老辣中带着几许的沧桑。我喜欢这样的文字,在唯美的深情中裹挟着几分儒雅的旧气,像陈年的佳酿,厚重连绵,回味无穷。手抚一杯热烫的清茶,漫不经心地享受着美妙时光的流逝,那一行行的优美的文字随着茶水的清香一起入喉,一路流到了你记忆中温暖的童年。因为仰慕先生的语言,我曾渴望得到先生的恩赐。我知道先生的脾气,他不是那种喜欢凑无端热闹的人,更不愿为陌生人做敷衍无聊的应景之虚。直到我和先生很熟了之后,才敢斗胆相求。先生对文字一向是苛刻的。先生为敝作所写的那篇序文,我是在半年之后收到的。先生的每一句话都说到了我的心里,让我非常感动。下面选载的这篇《我怀念》,是先生刚刚获得"2012年度华文最佳散文"的作品。(注:原文略)

(2013年3月16日)

17　把琐碎写成美文也是一种能力
——兼议女性作家的散文写作

去年我曾在网上读过一篇叫《旧日记》的文章，作者是莫江南。那篇散文，语言质朴内敛，笔力老到，并不失青春的幽默。文章写的确是一些生活中的琐碎，写的是她的太姥姥，一个童心未泯的老顽童。由于作者叙述得很巧妙，让你读着一点儿也不觉得枯燥，甚至读过一遍，还想再读一遍，最后我把它贴在了博客里。那篇文章可谓写琐碎的范文，文章中的太姥姥从此留在了读者的脑海中！这就是功夫，是文学写作的能力！这类的文字可谓看花容易绣花难啊。下笔要细，要抓住细节，但又不能平铺直叙。文似看山不喜平，在叙述的时候要拿捏好节奏，要恰到好处地寓情于景，叙议结合，并做到详略得当。我以为，散文首先追求的应该是语境，也就是文章的氛围与节奏。散文如果失去了这些，它就彻底失去了散文的美感。所以在动笔之前,有时我们需要等待,等待灵感喷发的瞬间。

我刚刚读过一篇千字文,是作者写的第一部分,叫《人间烟火事》。我同样是从网上无意看到的,作者叫独行的萤火虫。她在文章中捕捉到的是一个细节,她母亲在出远门前,为他们一家准备好了晚餐的菜品,"走进厨房,瓷钵里躺着粉白细腻的山药肉,满满的冒着热气。一碟炒青菜,翡翠般的碧绿。电饭锅里的米饭,米粒儿们挨着挤着,白白软软的,和气成一团,热气直扑我的双眼……"尽管只是几百字,但并不妨碍我们对其文字的判断。读好的文字,并不需多,也许仅仅只是几行,文字的气息与美感就会扑面而来,让你一眼就能看出作者笔下功夫的深浅。语言是最最重要的!你用的是不是有个性的文学语言?你是不是具备叙述与表达的能力?我最讨厌的是,有人用写新闻或写小说的语言来写文学散文,它的危害是显而易见的,前者太苍白,又太直率;后者太臃肿,又太拖沓。散文拒绝说教,但它却又不同于散文诗,它要求我们把笔触落到实处,落到细处;散文诗则倾向于抒情与哲理,写不好,就会流于空泛。有的作者,你读他写的东西,你能感觉到他的才气所在,但总感觉到他似乎还可以写得更好。譬如郑州的邱春兰、南阳的杨静等。信阳的如荷也一直在写这类散文,写得也不错,但她的散文好像一直很难突破她自己,长期固守于一种文体的写作,容易陷入模式化的泥淖。也可能是生活视野所造成的。我个人觉得,对一个有志于写作的人而言,我们不能长期满足于一种文体的写作,可以尝试多种文体,或者尝试同一种文体的多种写法,要敢于向写作的难度与高度挑战。写作的语言对她们显然已经不再成为问题,下一步要突破的仅仅是写作技法,技法相对于语言而言,其实要容易得多。

　　写作是心灵的自传,它呈现的是曾经的一段精神旅程;写作对于许多作家来说,是对个人记忆的一种保存和复活,它甚至呈现的是自己内心深处的隐秘与不安。这种属于精神范畴的诉求是有指向的,它滋养并伸展着属于我们自己的精神根须,并成为写作者一生的理想和生命的一部分。我们透过器物的表象看到它的过去与现在,没有对过去的反思就没有我们的未来,所以我们要从本质上去认识与思考我们生活的空间乃至于这个世界。写作是童心的延续,把琐碎的日常所见写成美文,需要作者始终保有一颗童心。童心与天真是一个写作者保持生动幽默的语言的源泉,刻意保持与世俗的心理距离是必要的。才气指的是一个人的语言天赋,譬如一个人的想象力,一个人的逻辑思维能力,一个人对事物的敏感度,等等。文学能力的高低固然与天赋有关,但更多的则取决于后期的培养与不断的训练,它包括:阅读的积累,生活的积累,艺术的积累,情感的积累。越是琐碎的事物,在动笔之前越是要小心地筛选素材。

在此,我还想说的是,并非一切有个性的散文均是好散文。散文它不仅仅是描绘,是抒情,是叙述,它最终还需要有所表达。表达就是作者的发现与识见。我们要善于捕捉并发现生活背后的规律,要让读者感觉到你心灵的真挚。那种从文章到文章的所谓写作,既酸且腐,毫无半点价值可言。这就要求我们在阅读时不要仅限于文学类的书籍,要有意识地拓展我们的生活与精神视野。

(文字不当处,恳请诸位女作家见谅!我只是随手找几个范例,绝无半点儿全景鸟瞰褒贬之意。而且,我最忌恨最厌恶的,就是那种动不动对全省乃至全国的散文作家,以权威文学评论家的高姿态妄评一气。谁谁如何如何……仿佛那些作家都是他园子里的青菜萝卜,天下就他对全省全国的创作状况最了如指掌似的!)

(2013年2月28日)

18 关于《美学概论》

美学,事实上就是艺术欣赏。我今天偶然从网上找到我当年曾苦读过的那本由王朝闻先生主编的《美学概论》,倍感亲切。1984年,我正读高中一年级,有一天同村的学友从县城高中回来,手里拿了一本《美学概论》,我要借读,他只得忍痛割爱,让我先睹为快。淡黄色的封面,旋涡状的太极图案,很抽象,却很美。我拿到那本书,不是在读,简直是在吞,要把它咽下去!那本书最后被我翻毛了,书中的许多片断,我差不多都会背下来。十年后,我读朱光潜先生的《美学书简》,再十年后读李泽厚先生的《美学历程》,再之后又读宗白华先生的著作,它们都没吸引住我,在我的脑海中留下的依然是当年的《美学概论》!后来想想,我所有对美学最初的积淀都来源于那本让我深情难忘的著作。活跃在二十世纪八十年代文坛之上的文艺评论家,现在还常青不老的,好像只有朱大可先生。那时给我印象比较深的文学评论家还有陈荒煤、李陀、曾镇南、陈思和等。到谢有顺的横空出世,彻底颠覆了中国文学评论的话语方式。谢有顺的评论横扫了文学评论一贯的僵硬干枯的冷面孔,他的语言充满了智性与诗意。在他的评论中,从来都没有故作深奥、故弄玄虚的东西。他可以谈得很深,让专业的人读着觉得过瘾;他也可以谈得很浅,让一个不懂文学的人都能看得明明白白。谢有顺读的书是海量的,我非常佩服他的毅力、才气与功夫。

(2013年1月19日)

19 不老的《围城》

钱锺书先生的《围城》自它诞生之日始,不知已被再版过多少次。我读到这部小说应该是在1984年的冬天,迄今已近三十年。那时的阅读多半只贪图情节,只记住了书中的某些连珠妙语。今日再读,依然迷恋不已。《围城》就像是极品好茶,它更适合于不紧不慢地品味,每晚翻上几页,慢慢体会与享受其精美语言的无穷魅力。那些奇特的比喻绝非平庸作家的冥思苦想与生拉硬拽,喻体与本体的形象贴切无不透着天才作家不泯的童心与智慧,在俏皮的幽默与反讽中绘尽人间的虚伪缠绵与自尊自怜。我由衷喜欢这样的小说,你可以放逐自己丰富的联想去做一回小说中饱受爱情与人生困扰的主人。那些人性中的真实与脆弱,华丽灼目,五彩斑斓,宛如刚刚散去的体温,气息犹存。方鸿渐的软弱与不争,竟没有丝毫让人感到厌恶的地方,他至少还活得真实,他至少还有耻辱之心,他至少还知道孝敬父母,他至少还知道周全的礼数与退让……

方鸿渐在爱情上输得一败涂地,并不全是他的错——爱情本来就充满变数,他只是不懂如何经营婚姻,如何将方兴未艾的美好情缘完整地链接到红地毯上而已。话说回来,他即便真的如愿以偿地娶了灿若桃花的唐晓芙,就会幸福浪漫一生吗?我看,亦未可知。女人多半是天底下最现实的动物,女人一旦结了婚,从女子沦为女人,就像天上的月亮忽地应声跌落到黑乎乎的水泥地上,当初情人眼里的皎洁光环瞬间便被眼前的物质红尘击得粉碎。当年的沈从文与张兆和,徐志摩与陆小曼就是活生生的教材。方鸿渐连孙柔嘉这个温顺的小女子都驾驭不了,就甭提什么苏文纨与唐晓芙那样的飞鸿大侠了。也许在历经过生活的种种磨难之后,方鸿渐才会渐渐地明白生活是怎么一回事,才知道如何把握人生。

作为一部小说只要写得好看,就不失为一部好小说。至于硬要赋予其如何的深广大义,我看那似乎不该是小说原本应该承担的使命。要说理,要文贵旨远,尽可以搞上万把字的洋洋论文。把小说写得像诗歌与散文一样耐读,的确不是一般人轻易可以做到的。谁有这样的雅兴把六十五年前出版的小说(注:《围城》首版于1947年)常惦于心呢?一定是那部小说好得不得了。

读《围城》，在笑过之后，意犹未尽，遂写下以上的心得。我惭愧着，我一直惭愧着我早年的无知，对钱锺书先生的无知，对鲁迅先生的无知。说出的话，就像泼出门的水，是无法收回的，我只有再写些澄清自我的文字，聊以补救。

人生始于空旷与迷茫，始于无知与破败，始于废墟与荒野，始于无数次彷徨与犹豫，并最终自救于正确的坚持。

方鸿渐身上不是也有自己曾经的影子吗？

谨向伟大的作家钱锺书先生致敬！

（2012 年 11 月 26 日）

20　论电影《危险关系》的危害

假期无事。晚饭后,步行到电影院,正好赶上放映《危险关系》。这是一部彻底地摆脱了情节并荒诞不经的影片。我不知道原著是怎么写的,我也没时间去读,反正这个片子滥得透顶。坐在我右首的两个男女,他们从坐下,嘴就没停下过,一直在嗑瓜子吐瓜子皮,喝纯净水,男人把水含在嘴里漱口,咕噜咕噜一阵后,又咽下。影院的空气很污浊,透着一股陈年的霉味。

我没看完,就逃了出来。简直是一部翻版的西门庆与潘金莲的艳遇故事。西门大官人本来就是一个流氓地痞,找上潘金莲是臭味相投,而片中的谢少爷盯上杜小姐,纯粹是驴头不对马嘴。一个是整日无所事事、只会厚颜无耻地勾引良家女子的豪门公子哥,一个是某知名教育家的年轻美貌的遗孀——温雅娴熟、举止端庄的名门闺秀。杜小姐终于没能抵御住无赖的死缠烂打,最终委身于谢少爷的怀抱。当那位自作多情的公子哥把他酸拉巴几的求爱信强行塞给杜小姐,却被当面撕了个粉碎,说明杜小姐从心里很鄙夷谢少爷的恶劣品行。令人费解的是,这个下流无耻的公子哥追到杜小姐的新住处,并偷看了杜小姐放在抽屉中的私人信件,杜小姐非但没生气,反而甘愿投怀送抱。剧情逻辑一团混乱。想拍床上戏,找不到噱头,怎么可以这样亵渎人间美好的爱情?!而且被玷污的对象竟是一位知识女性!从人类共同的情感上讲,世上的男人就是死光了,女人耐不住青春的寂寞,她就是选择自慰,也不会找一个下三滥的种猪!《危险关系》不仅亵渎了观众的审美视觉,而且还玷污了中国知识女性的人格,非常令人愤慨!卑鄙如果被强行地贴上崇高的标签,这种公开渲染色情的无耻行径比公开嫖娼卖淫还肮脏,还丑陋,还无耻!

  为了追求票房价值,娱乐早已堕落到了混淆是非、混淆美丑的罪恶之渊。如果再任由这种精神鸦片猖獗下去,将会严重污染社会空气。这是一部教唆人们怎样无耻、如何下流的三级片。它就像传销一样,教唆人们如何彻底地放下做人的自爱与自尊,而沦为不知廉耻的畜生!

　　国产片,像《亮剑》《非诚勿扰》这样的优秀影视剧作太少。

(2012年10月7日)

21　看电影《白鹿原》

我好像有几年没进过电影院了,上一次是看《夜宴》。电影《白鹿原》只是一个女人的戏,导演似乎在刻意追求宏大张扬的场景,是不是有这个必要?作为一部经典小说被搬上屏幕,又要把时间控制在两个小时左右,也只能这么改编。一个故事,重点讲述一个人,这是一种聪明加理智的做法。可惜影片的氛围却没出来,缺乏应有的震撼力。影视剧的感染力从何而来?不管是文学作品,抑或是影视剧,要想感染人,必须在如何表达人物情感上下功夫。譬如《泰坦尼克号》,故事也很简单,却是那样地打动人心。

是白嘉轩制造了小娥的悲剧,制造了黑娃与白孝文的悲剧吗?《白鹿原》是否可以改编得更好?编剧被原著束缚住了,既没抓住人物的灵魂,也没抓住故事情节和展示人物心理的关键细节。环境的高远旷大反而削弱了小人物田小娥的卑微与弱小。也可以这样说,白嘉轩与田小娥这两条线索的故事在衔接上出了问题,故事的切换很生硬,几乎是油水分离的,就像三个人坐在了十六个人的大台桌上吃饭,前后左右都够不着。完全可以把原著中该切的部分果断地切去,然后另起炉灶去填补。另外,广角大场面的铺陈与以"色"赚眼球的做法,也早已过时了。在《白鹿原》的原著中,写得最好的就是田小娥,编剧的选择并没有错,改编必须有戏剧性,要赋予作品第二次生命。对并不太适合改编成电视剧的小说而言,不是改编,是改写。

所以说,对一部文学作品的改编太忠实于原著了也未必是好事。有的作家在写小说时原本就有戏剧的意识,甚至其本人就是学戏剧出身的。选本子很重要,譬如,有人把李佩甫先生的《城的灯》搬上屏幕,肯定不会有《羊的门》精彩。前者比后者更抒情,后者比前者更富有戏剧性。对电影《白鹿原》,我很难说它好,也很难说它不好。近些年的国产影视剧,最让我难忘的除了《亮剑》,还是《亮剑》。

(2012 年 10 月 2 日)

22　发现湖北襄阳散文作家江南

读江南的那些文字,我一整天都陷在苦涩中。那些苦难的生活场景,对生存的忧虑与挣扎,对饥饿与生死的体验,真实得让人如临其境。他用泣血的文字见证着青春荒芜的成长,那些无以复加的伤感与痛疼。他在用"我"的乡村家族史抒写着那个被时代所遗弃的悲伤与绝望,这种题材的散文在当下并不多见。

作者是那么年轻,今年才三十岁,他在散文写作上所达到的高度,让我非常吃惊。江南的散文没有什么新派的写法,但他却深谙散文写作之道。草木山水,世故人情,在他的笔下仿佛都被赋予了神性,不似那些干巴巴的叙述,也不似那些一味的心理宣泄。在他的笔下,有的是结实的事实、鲜活的生命体验、生动的生活细节。这样的好文字,即使你读上满满的一天时间,你也不会觉得疲倦。因为他的文字透着泥土一样的气息,洋溢着一种炫目的美感,尽管这种美是忧伤的。可以猜测得出作者曾在中国传统文学上下了何等的功夫。譬如,写景,他只寥寥数笔,画面便兀立凸现,栩栩如生,活灵活现。景物描写,不论是在散文还是在小说创作中,都是对作者笔下功夫的一种考验。现在的小说和散文写作已很难找到当年沈从文笔下的那种优雅。散文叙述的难度在于怎样营造势,让景致附着于情绪,并统一于不同的语境,在跳跃中跌宕起伏。能把散文写成美文,显示了作者卓尔不凡的创作灵感和深厚的文学素养。

　　作者始终站在那块他眷恋的故土之上,那块生他养他、多灾多难的故土之上,这让他的文字深具流水般的力量,柔情百媚,清澈透明。湖北襄阳,应该和我的家乡大别山区差不多,但我却写不出像江南笔下那样深情、委婉精致的美文,我常常为此苦恼。或许我缺少江南那样的独特经历,也缺少江南那样的才气与灵感。我在他的文字中读到了我的故乡,感动,流泪……

　　我坚信,有多少绝望在那里跌倒,就有多少希望从那里产生。江南所历经的苦难将成为他一生中难得的巨大精神财富,有了这些苦难垫底,在以后的人生之旅中就再不会有什么东西可以绊住他。在我们漫长而短暂的一生中,只要有了两样东西——音乐和文学,生命的绿洲就永远不会干枯。文学终归只是生活的一部分,它不足以担当生活的全部重任,它只是让你心有所依,情有所系——在这里,我也把这句话送给文友江南,以为共勉。

(2012年6月21日)

23　暂时流水当今世,随处春山是故人

那一年我去三亚,在一家叫爱晚亭的酒店,我的目光久久停留在这副对联上:暂时流水当今世,随处春山是故人。细看,竟是启功先生的真迹。夕阳穿过透明的窗纱,均匀地打在柔和的宣纸上,我仿佛看见启功先生温和的笑脸,瞬间我被一种情绪所击中,耳边轻荡着故乡潺潺的水声。

大师的笔墨就像他的人品,秀逸恬静,端庄挺拔,孤寂中流淌着淡泊,清贫中秉持着谦让。看得久了,觉得那字竟有些像临水的翠竹,随风翕动,卓然俏立,难掩一股遗世的清凉。杰出的书法家不独细工于笔墨,尤其擅考究于文字。启功先生原是小学毕业,后来在他老师陈垣先生的竭力举荐下,才得以登上北大讲台。他是一位集教育、书法、文化、诗文、鉴古素养于一身的学者,在这一点上,与现代的鲁迅、郭沫若颇有些相似。

启功先生活着的时候从没标榜炒作过自己是大师,他去后他的书法价值连城。他活着的时候亦从未惜乎过自己的书法,当有人冒名克隆启功时,他只是淡淡地一笑。

我们还活着,踌躇着,不知道怎么活。有些事可以在情感与道义甚至行为上较真,说出来却会串了味儿。毙敌一千,自伤八百,终归得不偿失。启功活着的时候,他为什么不去打假呢?这让我想起另一位书画界的大师,刘海粟先生临终之前向国家无偿捐出其全部艺术珍藏品,总计九百余件,其中包括梵高的油画真迹。

两位大师走得很干净,他们均以高寿善终。

(2012年4月8日)

24　初读小说《生命册》

城市的灯光雪亮。今夜我读余华的《在细雨中的呼喊》。掐指细算,那时他在写这篇小说时,正好三十一岁。我有时会把两本不同风格的小说交替着来看,就像是在享受美食,一荤一素。我同时在读的另一本小说,就是李佩甫先生的《生命册》。这是两本有着截然不同语感的作品。从下午的四点到夜里十一点,我倾醉在两种不同的阅读氛围中。我读书一直很慢,严格地说,是边读边品。前者奔放苍郁,后者温情沉静,并带着哲学的缱绻。

单从语言的质地上判断,我以为这两部著作理应成为两位作家的巅峰之作。尽管余华后来的《兄弟》与《活着》被炒得震天价响,但语言却显得苍白干枯,少了壮年时的饱满激情与飘逸流畅。《生命册》却让我有些惊诧。在书没出来之前,我曾私下里猜测它可能不会超越《羊的门》,毕竟作家已年近六十了。一位老作家竟还有如此的力道,确乎让我吃惊不小。可以肯定的是,《生命册》的品质远在《等等灵魂》之上。小说的语言更靠近于散文,是那种蕴含着湿气、色彩、声音的语言,它穿越你心灵的隧道,空谷回响。那种冷幽默禁不住让你读着享受着,并时时会心一笑。"那是冬天,走着走着,天开始下雪了,小雪。城市的夜晚有灯撑着,那暖意是彩色的,也是有差别的。城市最寒冷之处,是让人看到了差别。"

"在飘着雪花的夜晚,我顺着马路往前走。那时城市里刚刚时兴羊皮衣,有驼色、蓝色、红色和黑色的羊皮……羊皮衣一旦穿在女人的身上,皮带子一扎,腰就细溜了,屁股一扭一扭,更显臀肥。马路上响着很时尚的嘚儿嘚儿的节奏,圆润饱满的节奏,叫人春心荡漾的节奏。(后来,等我穿上羊皮衣的时候,城里已经没人再穿羊皮了,它过时了,成了三陪小姐的着装了。)那时,我的眼是在乡村里经过节俭训练的,尚不敢乱看。"

你从心里默默地就会发现其语言潜在的魅力。精微洗练,清澈透明,兼具流水一样的韵致与节奏。

以上这两部小说均是以第一人称"我"来叙述的,这样更容易进入自我的心灵磁场,把"我"的情感体验嵌入那些沉淀的记忆,并处处渗入"我"的思考。我个人认为《生命册》是李佩甫先生的扛鼎之作,他是不是借此完成自我人生的检阅和对这个纷繁世界的深省呢？我不得而知。总之，小说的开头很不凡，它一下子就抓住了我。

《生命册》是一本中国式的圣经，它是为建立一种优雅的人生而准备的，它依然用生命的重来映照灵魂的轻。透过世道的沧桑，盘桓不去的是一股锥心刺骨般的疼痛，感动着时代的划痕与旷古的忧伤。

这本叫《生命册》的小说很独特。尽管它也在讲故事，但却让听故事的人不觉得它的臃肿、拖沓与乏味，它常常是话中有话，绵里藏针，让你无法一目十行地快速推进。一本好书应该是蕴藉着生命的关怀与人生的智慧，像一束明媚的阳光越过头顶的瓦楞，洗濯你灵魂中不堪见人的污垢。小说是虚构的生活，但必须先有认识，后有故事。认识的高度与深度常常会决定作品的厚度，作家用他丰饶坚实的人生阅历与生命体验为我们打开心灵所遭遇到的种种尴尬与困惑。从无梁村走出来的"我"（即小说中的主要人物，乳名"丢"），像姑夫蔡国寅一样，在被逼得走投无路时，只得一次次地选择出门行走。小说中的"我"刻意于"丢"的乳名，是不是同样暗示了他不幸的人生宿命？

(2012年4月4日)

25　请把欲望放下

如荷第一次在散文中抓住了真情。我以为《触摸》从精神境界上超越了她之前所有的作品。生命与时光同行,那些遗落的心情,被她一一小心地弯腰拾起,用诗与散文的双重氛围一一地连接起来,柔软的文字弥漫着春天饱满的气息,如风拂过水上。她擅于在叙述中委婉地抒情,在抒情中跳跃着倾诉。或许她试图找到一种属于自己的叙述路径,从而构筑一种新的散文气象与文本形式。这使她所有的写作呈现出一种非常个性化的特征。

散文是最见作者生命底色的一种写作文体,过于理性的写作常常会让人觉得作者虚意地矫情,文字与身心的分离必然会削弱作品应有的感染力和亲和力。散文从一定意义上讲,就是用笔在记录自我的心灵成长史。我们一生都在不断地体悟生命的哲学,在没有航标的大海上踽踽独行,并不断地反观自省。试着把一切欲望都放下吧(只是放下,而不是消灭),我们的文字自然就会变得清澈了。

(2012年3月18日)

26　圭子小说中的小城女子

圭子小说中所呈现的女人们,确切地说应该是小城中的那些女子,还有那一帧一帧似曾相识的生活场景,是那样地鲜活,那样地栩栩如生。她是真正在故土找到写作源泉的人,不似那些闭门勾兑故事的所谓专业作家。在中国现代与当代文坛上有几位写乡村题材的大家,他们是:鲁迅、沈从文、贾平凹、路遥、周大新、李佩甫。我常常从他们的作品中得到写作上的启示与滋养,我深信那些最终能在文学史留下的乡土文学经典一定是从故乡的泥土上攀缘生长出来的作品。圭子的幸运恰恰在于她亦拥有这种不断丰富着她的视野与精神的故乡。

我不止一次地留连于故乡县城的街头,逛赤诚路服装一条街,为爸妈挑选适合于老人的衣物。那些小服装店与小服装店的老板俨然与作者笔下的描写,毫无二致。昨天还是握着锄把的农民一夜之间突然变成了市民,她们还缺乏进城经商的经营理念与经验,她们不知道作为一个商人应该具备怎样的商业素质,愈是迫切地渴望发家致富,愈是挣不到钱,于是这些新时代的农民便剑走偏锋,不冷静地纷纷改写自己的婚姻,性急地把责任归咎于丈夫的不争气。圭子作品所涉及的问题是触目惊心的。她的小说揭示了眼下在由乡村到城市,在匆匆的城市化进程中无数农民的悲哀无奈与精神隐痛。圭子小说的价值亦在于此。

作为小说首先要有故事有情节,要贴近时代的真实生活,并善于捕捉生活中那些被忽略的细节。在这一点上,小说创作不同于散文与诗歌,写什么比怎么写似乎更重要。在把素材提炼成题材时一定要有明确的精神指向,想好了再下笔。否则,其作品便是一文不值的民间故事,圭子的敏锐与独具慧眼即在于此。圭子小说的语言独具特色,幽默风趣并富于地域乡土气息。沈从文当年在西南联大指导汪曾祺写小说时曾讲,初写小说不怕你写得粗砺,关键是要有一份创作的童心与天性。从圭子目前所创作的小说看,她无疑是属于那种可造之才。或许是初入道的原因,有些作品显得还有些毛糙,譬如:人物描写太具细,小说收尾太草率,结构欠严谨,故事情节的转折稍显突兀,等等。但这一切的一切,都掩饰不了作者与生俱来的文学禀赋与才华。

我相信,以作者现有的文学素养,静下心来,不骄不躁,十年磨一剑,并潜心向中国乡土文学的大师们学习,先写小的,后写大的,在不远的将来,一定能创作出沉甸甸的独具特色的作品。

(2012年2月8日)

27　古诗词·国画·书法

鲁迅说,中国的古诗词到了唐朝已达到了极盛,后人无法超越。中国的绘画是以笔墨写意,不重形似,唯以传神,至宋代渐至佳境。当代画家吴冠中先生,沿着徐悲鸿的思想,以水墨写意、工笔素描、线条造型、抽象加绘画新材料的改良,开一代画风,彰显了绘画艺术的时代性,独领一代风骚,可谓前无古人。书法自东晋的王羲之以来,无人能撼动其书圣的地位。书法是线条的艺术,同样重在以墨传神,上品的书法要有整体的气势,用墨迹抒写情绪。它讲究笔法、结体与章法。所以说,没有功夫的书法都是瞎扯。书法不同于毛笔字,但同样苛求于形式美,苛求于时代的审美诉求。启功先生的书法在师古的基础上独成一家之风,这是一种在艺术上的大胆突破,而非无根基的旁门左道。每种艺术形式当发展到一定的时候均需要变革,这是由其本身的时代性所决定的。中国的现代小说到沈从文是一个高峰,鲁迅开辟了以针贬时弊而见长的杂文,现代诗歌到二十世纪八十年代的顾城是一个高峰,现代散文到余秋雨是一个高峰。那么,古诗词的新时代的高峰又在哪儿呢?我们只能无奈地说,尚有作者,尚有读者,尚有被使用的市场价值。从目前的状态看,古诗词多少有点类似于篆刻,日渐沦为一种小众传播与使用的范畴。就像相声与小品,还有京剧、地方戏等,它发展到一定的时候而又没有发展与创新,只能大而小之,并行将暮色。树木生长到一定的时候就会老死,唯一的希望就是能在老树上长出新芽。盛行中国多少年的版画、皮影戏、大鼓书等,最后都随着时代的脚步而慢慢地销声匿迹了。时代总是在呼唤着与之相适应的崭新的艺术形式出现,一个时代的人们有着他们自己的喜好。中华民族有着灿烂悠久的历史文化和传统艺术,一切都在被继承与被发扬被刷新的过程中,任何一种人为的打造与维持可能都是一种徒劳。文学也是一样,我们应该有选择性地坚持,但也应该有勇气有选择性地放弃,更应该有胸襟地去包容新的东西走进来。但有一点是我们必须警醒的,中国的艺术必须是带着中国血统,充满东方的神韵与美感,并蕴含着终极的人文关怀和崇高的生命理想的作品,它可以是中西合璧的,但艺术的根必须是深植于传统的,否则,它将是无法走出国门而面向世界的。历史将会证明,那些以纯口语大白话从事文学创作的写作者,他们的文字最终很难在文学史上占有一席之地。

(2012年1月6日)

28　再读《边城》有感

三十年前读沈从文的作品,看了几行,又放下了。中间又试图去读,还是没吸引住我。原因是,觉得他的语言没鲁迅的富有节奏,拗口。小说的情节松弛,且少悬念。今日再读从文先生的《边城》,欲罢不能。湘西的美丽在他的笔下汇流成河……近几日感冒,从网上拐进了阿贝尔的空间。阿贝尔,当下实力派的散文家。我喜欢他的文笔。他花了很大的篇幅来叙述和解读沈从文与他妻子张兆和一九三七年两地分居时的情感微澜,惺惺相惜。张兆和,出身合肥名门,苏州九如巷里飞出的黑凤,从文先生心中永远不落的太阳。阿贝尔那篇万余字的随笔深深地吸引了我。沈、张并不美满的一生,其实并非为情所困。只有心灵纯净得像一洗蓝天的人,才可以写出真诚干净的文字,从文先生即是这样的一个人。所以,他的姨妹张充和曾这样盖棺论定她的二哥(三姐夫):不折不从,亦慈亦让;星斗其文,赤子其人。没错,女人是花儿,她需要像空气一样的爱(精神的),亦需要坚实并富有养分的泥土(物质的)。一个着眼于生活的女人,她没办法不现实。那时的从文先生,乃至于以后他漫长的一生,始终都没读懂他深爱的女人,他始终都活在他自己的精神世界中。这样的婚姻又如何美满与幸福?尽管他爱兆和,爱得要命。

今天,是我第 N 次读沈从文先生的作品,我终于被他的文字所吸引。他小说的语言很美,美得像散文一样的精粹瑰丽,清雅疏淡,像落在溪水里的明月。也许是什么年龄读什么书的缘故吧,中国现代文学的作品,让我现在来读,恐怕能看进去的就只有鲁迅和沈从文的了。鲁迅以杂文居多,小说和散文的数量则很有限。当代著名作家周大新说,如果让他推荐中国能获诺贝尔文学奖的人,就是沈从文。沈从文先生的小说并不是那种一下子就能抓住你眼球的作品。这可能与他的语言风格有关,或许是受湘西地域的影响,初读,感觉没鲁迅的作品上口。在阅读时要注意其语法结构的变化和遣词上的特点。譬如,他习惯用连词"同",而不用"和"或"与"。有些句子是不是应该那样去断句,会不会对整个语境发生影响,等等。因为二十世纪二三十年代,白话文写作在中国刚兴起不久。所以,我个人更偏好鲁迅、孙犁、叶圣陶等人对语言节奏的掌控。人过中年,又有闲情逸致,倒是可以经常翻翻周作人的诸多著作。阅读的奥妙在于,师宗二三,广博千家。从当代屈指可数的大作家中,我们亦不难看出后来者在语言修养上的踪迹。

(2011年9月11日)

29　王剑冰先生

我认识先生时,他早已名满天下。

四年前,当我拿着自己的习作请先生指导时,他曾这样鼓励我:"你的语言不错,比××还好呢。"然后先生就如何选材,谈了一些自己的看法。我深为叹服。先生几十年如一日耕耘在散文这片沃土上。自《散文选刊》主编的位置退出后,原想会安闲些,谁知却愈见忙碌,找先生约稿的人越来越多。地方政府似乎从文化搭台中尝到了山水文学造势的甜头。在央视做一个10秒钟的电视广告,动辄上千万元人民币,晃一眼就过去了,请名作家来一篇散文,同样也可以一鸣惊人,却要省去百倍千倍的银两,这种四两拨千斤的经济账,傻子都会算。

先生写山水文学散文,好像是从写周庄开始的。王剑冰从此就成了周庄的代言人,成了周庄的品牌与标志,成了周庄源源不断的财神。你说周庄人能不感念先生吗?

一个人与一方水土仿佛在尘世中就存有一份约定,谁又能否认这不是一种缘呢。还是先生自己说得贴切:周庄,我来晚了,你在那里等我。这种呼之欲出的眷恋,我在写作时亦有同感。

每年的春天,我都会钻进书店去寻一本书——由先生选编的中国年度散文。这本年选于我不啻于一道丰盛的年夜饭,为了这顿丰盛的大宴不知先生熬了多少个日日夜夜。由此让我想到《散文选刊》曾经的辉煌盛世,正是先生十几年如一日的苦苦坚持,才撑起了中原散文独领风骚的丰赡大厦。从先生所编的年选中不难看出选编者的苦心孤诣。公正,是一个拥有某种权力的人自觉的操守与境界。唯此,先生总是尽可能地避嫌:河南作家的作品不能太多。平心而论,河南在全国而言,本身就是一个文学大省,也是一个文学强省。从先生的身上,我时常窥见一种可贵的品质,它让我自省,知道在才学之外还有什么。

每每读到一篇好的散文,我总会情不自禁地给先生发短信,说说自己的认识,每次先生都有鼓励的话给我,让我倍受鼓舞。三十年前因为热爱文学而差点丧命,为此父亲一直反对我从事这个苦差事,他曾不止一次地对我训斥道:这东西有什么好?劳神又伤身!1992年我从家乡弃了三尺讲台,漂到中原油田谋生,十年后又逃到郑州,2006年写《重游南湾湖》

《长忆家乡飞雪时》,那时还仅停留在以见报为荣的幼稚阶段,直到2008年遇到了先生,才明白应该正视写作。确切地说,是先生重新点燃了我对文学的渴望与梦想,是他给了我许多关于写作方面的启示和教导。

在现在许多年轻的作者中,亦不乏勤奋之君,有的甚至也不乏志向与才气,但他们常常在骨子里太孤傲,目空一切,对文学前辈缺乏应有的敬畏之心。贾平凹先生曾在《优雅的汉语》一书的序言中这样写道:可以说是这些作品让我知道如何写作,如何提升文章的境界,有的是文本上的启示,有的是让你知道怎么结构、如何把握文章的韵味与节奏等。我在读先生写的《散文时代》时,确乎受益不浅。先生当年在兼《散文选刊》主编时,每年都要对全国浩若烟海的散文创作做一次全景式的俯瞰与检阅,就像农民拨拉一株株金黄的麦穗儿似的,一株一株地过眼。他的视野绝不仅仅限于一些熟知的老面孔老故旧,而是关注到新生代散文作家的成长。我记得好像是前年,我曾在年选上读到夏磊的作品,当时吃惊不小,遂向先生询问。先生说不认识,只是从刊物上读到他的东西,感觉不错,就选了进来。我们差不多每年都会从漓江出版社出的年度散文集子中,读到许多这样的新面孔。

我曾不止一次地在先生的博客中看到他发博文的时间竟是在凌晨某时。十年前贾平凹先生在《读王剑冰散文》中说:

他是个认真对待散文的人,以他的理论思考、创作实践和编辑工作以及许多文学活动,是对新时期散文做出了贡献的人……如果从国来说,东边余秋雨有余秋雨的面目,西边周涛有周涛的个性,中原郑州的王剑冰有他的深厚和鲜活。

时夜深,窗外夏雨翩至,顿感清凉畅爽。

(2011年5月20日)

30　文学守护人廖华歌

在网络时代的今天,网络让人疏于脚步,人与人之间面对面的交流蜕变成一种奢侈。

于是一年一度的散文年会在文学者的心底变成了一种渴望。

你还活着吗?

嗯,活着就好。

在集体合影时,有人拼命地朝前挤,踩着我的脚了,我赶紧侧身让人家通过。前排的领导席位早被当仁不让的屁股占满,廖华歌主席默默地站在一边。我对她的这种不争不抢、谦谦低调的君子之风,不止一次地看在眼中。

二十世纪八十年代,我就知道在中国散文的大舞台上有一位活跃的女作家,只是不知道她是南阳人。那时的廖华歌,已是名满天下的大作家了。

2008年的淅川,八百里伏牛山早已层林尽染,铺金叠翠。美丽的丹江汉水迎来了一批特殊的客人,李佩甫主席率领河南文学豫军的重要将领开赴淅川,要为丹江为汉水唱一曲赞歌。作家们没有辜负南阳人的热情,他们临别之际为汉水为丹江留下重重的一笔——厚厚的一本散文集。那个图文并茂的散文集,后来成了淅川人推介家乡山水旅游的名片。

年青的作家们都上山了,唯有李佩甫陪着何南丁默默地坐在山脚下的石条上说话,抽烟,喝茶。他们像父子,也像同事,更像兄弟。李佩甫在我的心目中是一座山,也像一条河,山的结实,河的包容。我敬仰他的人品,更敬仰他的作品。

在那几天的行程中,在何南丁的身后一直跟着一位大眼睛的女士,何老过个沟沟坎坎,这位女士赶紧过去搀扶一把,一口一个"何老师"。"这位女士是他女儿吗?"

肯定不是,是他女儿怎么叫"何老师"呢?

我悄悄地询问身边人。"她就是廖华歌!"。

据说,当年何南丁被下放到南阳西峡县,西峡人听说乡旮旯里突然来了一位大作家,纷纷缠着让何南丁讲文学。南丁主席不忍拂了大家的美意,只好点头应允。在邻近的公社来了一位十四岁的小丫头片子,自备干粮,步行了十几里的山路,跑来听文学大师讲课。这个女孩儿就是廖华歌!

有一种人,他们从不声张自己,只默默地像小草一样,默默地生长,他们只做好他们自己。这是一种人生的大智慧。

廖华歌便是这样的一位文学人,一位文学的守护人。

南阳,南阳人,总让人有说不完的敬佩。

当在会上有作家当面夸赞廖华歌时,她竟用双手羞涩地捂住了自己的脸。她的这种羞涩之美也体现在她的诸多散文中,这种羞涩早已成了稀缺资源。

我发现她坐在主席台上,一次又一次,用劲地为南阳的文学新秀们鼓掌。那种鼓掌不是一种象征意义的鼓掌,是发自心底的盛满爱意的鼓掌。

后三排坐了近三十位南阳作家,她能逐一叫出各位的名字,仿佛他们是一家人,母亲叫吃晚饭,生怕落下一个孩子。在那一刻,我的眼里涌满了泪水,天下还有这么好的人,这么好的廖主席!南阳不出文学大家,才怪呢!

在廖主席的心中永远装着的是尊重、善良、无私与公正。

2014年的省散文年会在舞钢二郎山召开,大家都发言过了,马上要收话筒,开始午饭了。廖华歌突然说:还有牧青没发言呢。

没想到廖主席的心是那么细,她的目光不会落下任何一个人,一个像我这样无名的文学小卒。

在历届的省散文年会中,有人拼命地不失时机地急不可待地朝自己的脸上贴标签贴广告词,唯独廖华歌从没谈过她自己。

　　直到去年省作协换届,她才当选省作协副主席。在此之前,她一直是全国人大代表,但她从没有在自己的名字前面冠上一大串的定语。

　　我与廖华歌每年仅见一次面,她总在忙,为文学的事业而忙,忙着为大家服务。承办一场七八十人参会的活动,就像操办一场喜酒(注:自助餐,简易标间),申报请示,协调筹划,发函邀请,出席嘉宾,签到住宿……个中滋味,非亲身经历不识其中艰辛。

　　今年的散文年会,廖主席自掏腰包,拿出她并不丰厚的薪酬,为七十多位散文作家买了礼品(一个精美的玻璃钢杯子),让大家十分感动。

　　文学创作者就像一个清贫的苦行僧,你把你的文字奉献给了社会,你就完成了自己的使命,几乎是零回报。但依然有无数的人甘愿为此献身,并默默无闻。他们是为了一种传承,传承中华的美德,传承中华的道义,更传承一种现代的精神情怀。

　　我眼中的廖华歌,只是我所见到的一丁点儿,南阳的文学人肯定比我知道得更多。但我必须把这些写出来,因为我被她所感动了,太感动了。我想在此对尊敬的廖主席,深鞠一躬!

(2017年12月19日)

31　把故土永远扛在肩上
——记南阳籍著名作家周大新

2011年3月22日,北京,万寿路,解放军总后招待所。

周大新,当代著名作家,现年58岁,出生于南阳邓州,解放军少将军衔。

他是那种看一眼就让你记住的人。这是一位驰骋文坛三十余年的骠骑悍将。从《走出盆地》到《第二十幕》,再到《湖光山色》,长篇小说六部,中篇小说三十五部,短篇小说七十余篇,另有散文、剧本和报告文学等作品,总计六百余万字。获奖无数,著作等身,精品迭出。其中《湖光山色》获第七届长篇小说茅盾文学奖。这是一位几乎可以和沈从文先生比肩的高产作家,同时也是畅销作家。由于他的写作题材宽泛,说他是军旅作家或平民作家,其实都是不准确的。他的笔触从中原腹地的南阳出发,到热血沸腾的军营,再到繁华耀眼的都市。从西安古城的解放军政治学院毕业后,他在北京已整整待了十六年。现任解放军总后勤部创作室主任的周大新坦言自己骨子里依然还是个农民,从语言到饮食习惯,乃至于生活方式。

在整个采访和交谈的过程中,他的脸上始终都洋溢着阳光般温暖的笑容,是那样地真诚与质朴。作为一位横跨乡土、军旅、城市题材的大作家,他身上没有一丝一毫名作家的清高孤傲,更没有那些小文人所惯有的故作矜持与俗媚。他会真诚地说别人的好,譬如说到他的同乡柳建伟:建伟还很年轻,不得了。他同样也会真诚地在公开媒体上去肯定一个刚崭露头角的网络写手。我见惯了那些在人前动辄"我如何如何"的虚荣作家,在他们眼里好像别人都不如自己,最多只能说说外国作家的好。周大新说他心目中的文学精神坐标是沈从文与列夫·托尔斯泰。

在谈到对文学的认识时,周大新说:"一个优秀的作家,最重要的是要有自己的东西。有自己的思想和进入精神世界的方式,有自己的叙述方式和语言特色。只有写出不同于前辈与当代作家的作品,才能在文坛上占有一席之地。"

周大新应该是继"五四"新小说诞生以来比较高产的作家之一。阅读他的作品,你能感受到他对待写作的严谨态度和精品意识。

问:当代小说写作曾一度出现了一些忽略题材和情节的倾向,可以谈谈您的看法吗?

答:如果不要故事和情节了,可以去写散文。

采访著作等身的名作家,很难。加之任务来得又太突然,我的前期功课显然是没有做好,所以访谈也很难写出新意。在谈话即将结束时我问道:作为解放军总后的专业作家,又身兼创作室的主任,有时组织上会不会有一些任务派给您?

答:被分配的定向写作很少,更多的时候我还是很自由的,组织上对我非常好。从十七岁穿上军装到现在,四十一年来我一直是在军营里生活成长,所以对部队里的一切我都非常习惯。

看着他清癯的面容,我说:除了写作,您还应该多注意自己的身体呀。

答:我也是肠胃不好,现在基本上是上午写作,下午读书,晚上十一点以前睡觉。

采访周大新,和他的谈话是轻松愉悦的。他很尊重人,当你说话时,他总是面带微笑地耐心倾听。

　　作家永远是靠作品来说话的。周大新靠他的一部又一部厚重的作品赢得了全国广大读者和文学爱好者的热爱与尊敬。让人迷恋的是他的作品依然还能保持很强的文学性,有场景描写,有人物心理描写,有环境描写,语言优雅干净,极具汉语言的美感。在一切向钱的当下,有许多作家把写作当成了码文字,诸多的小说只见情节与对话,写到最后小说变成了异样的文学剧本,作家本人也日渐丧失了描写环境的功力,这就是许多小说家最后写不了散文的原因。内行人心里都清楚:小说中的环境描写比之情节与对话要难得太多。1997年读胡小胡的长篇小说《蓝城》,有关男女主人公在海边那激动人心的场面描写,直到现在我还记忆犹新。

　　读周大新的作品,你能感觉到其作品博大的气势,严谨的逻辑,逼真的故事情节,娴熟老到的文笔;语言精微雅致,且极富表现力,在古朴中又不失现代。他的语言堪称新时代汉语言文学的典范。他的诸多作品都是属于那种经得住方家再三品味的真正的文学作品。文学的高度其实也是一个作家的精神道德、艺术修养和人生智慧的高度。周大新用他的人格和他的作品赢得了中外不同年龄段读者的持久热情,让他本人成为几十年屹立不倒的常青树,你不得不惊呼这是一个奇迹。

在人心日渐荒凉的当下,时代需要这样的好作品,因为他的诸多著作自觉担当了拯救灵魂的重任,让我们在悲欣交集中看到荒凉背后的希望所在,并切实感受到一股蓬勃向上的力量。我想这些又何尝不是作家自己心中博大的精神情怀呢?

注:该文为作者受河南省侨联《侨声》杂志之托,为《名人专访》栏目所撰。

(2011年4月12日)

32　初识中原诗人毅剑

晚宴前,也就是六点多,我才接到文友的电话,告诉我赴宴的地方,小费周折总算找到具体的位置。席间有一位个子较高的先生就是毅剑,高挑浓眉,嘴角线条分明。他的真名叫张建国,是中原油田作协副主席,专业驻会作家。最后他自己又补充介绍说,他还是河南散文诗学会的副会长。

就这样,和诗人毅剑君认识了。他豪饮好谈,再让烟时,我已无力再接,他兀自一个人吞云吐雾。初次和诗人毅剑君的交谈是一件吃力的事,我甚至开始从心里疑心他无非一个小官油子,拿文学当幌子混碗饭吃罢了。如此这般的小文人,我见的亦不在少数。因为在谈话时他总时不时地跑题,并下意识地切换到与文学本身不相关的事情上,这样的谈话真是扫兴透顶,一时半会儿总找不到大家彼此都感兴趣的话题,心中的美好愿望在慢慢地销蚀,我只想在耐心的期待中尽快逃之夭夭。

回到宾馆,从网上快速搜出这位狂人——中原毅剑。找到的只是他的微博,跳着匆匆读了几行,又读了数首。中原毅剑,果然不虚!——脑海中不知怎的陡地蹦出台湾诗人罗门那笑傲江湖的神情,还有那位恃才傲物的祢衡。至此,始解毅剑:非真性情者,难为此等好诗。

联想到毅剑君抢着买单时的满脸真诚,仰脖儿,朴杯见底的诗人情怀,口无遮拦的无穷锐气,我胸中堆积的不明郁气顿时烟消云散。毅剑终归是一个写诗的人,如果他随方就圆地改变了自己,那些火焰般的诗也就会随之远他而去。

从谈话中知道他来自牡丹之乡,那是响马汉子秦琼的故土。我无法在这里说他的诗有多好,总之,我读了一首,还想读第二首,第三首。

嗯,想读诗的时候我一定还会再次光顾中原毅剑的微博。

毅剑君的诗一如他冲天的豪气,携阵阵酒香,痛快解馋。

(2011年4月4日)

33　再读《羊的门》

《羊的门》鸿篇巨制,终于在去年被纳入共和国书库丛书再次与读者见面。弹指一挥间,十一年就这么过去了。当我再次捧读《羊的门》时,依然感到是那样心潮难平、感慨万千。经典的魅力也许正在于此,它经得住时间的洗涤,它经得住你去反复地阅读,并一次次触动着你的神经你的魂灵,让你兴奋,让你回味无穷。

有人问,《羊的门》阐释了一个怎样的主题?

是不是在教唆人们如何经营人脉关系?

提上述疑惑的读者,显然是没有真正读懂这部大书。

李佩甫先生的系列作品不单是在为时代中国画像,更是在为时代乡村和时代城市的人类精神灵魂作证。这无疑是许多中国作家目前还很少触及的一个写作高度。从《李氏十八代玄孙》到《羊的门》,从《城的灯》到《等等灵魂》,作家总是擅于从人类的精神圣地和信仰圣地出发,用精微冷峻、丰赡温婉的笔触直抵丑陋的道德人心。因为悲剧的力量总比喜剧的力量大,所以,他的诸多作品总是在用荒凉照见温暖,用悲怆照见希望,用黑暗照见光明。

《羊的门》是在以一种非说教的、独特而充满神性的诉求方式诠释着繁复多变的中国式的生存哲学,因此,小说《羊的门》的精神命题就愈加显得深远而广博。在当下拥有这种主体创作意识的作家其实并不多见。我一直在为《羊的门》这部划时代的经典之作,因时空的阴差阳错与茅盾文学奖无缘而深深惋惜。相信许许多多读过这部小说的读者亦深有同感。关于《羊的门》的艺术价值早有定论,而判断一部作品的社会价值,应该是广大读者对它持久的追捧热情与喜爱程度,绝非一时的获奖光环与荣誉。从首届茅盾文学奖到现在,真正让我们牢记,并还想回头去阅读的作品又有几部呢?

我们因为热爱一部作品,而去热爱与崇敬一位作家,这对一位真正热爱文学的读者而言是一件无比欣慰的事情。我为河南诞生出这样伟大的作家和作品而感到由衷的自豪与骄傲。

(2010年10月23日)

34　读铁凝的《伊琳娜的礼帽》

在打开《2009年小说月报精品集》时,我决定先读《伊琳娜的礼帽》,因为我前年正好也去过俄罗斯。

写得太好了!作家的叙述方式很契合我的阅读兴趣。精巧的结构是作家铁凝小说的特征,这在她二十年余前的成名作《哦,香雪》中便可以得到印证。

在自由体的叙述中深蕴的主题是:嗯,说到底,人是需要被人需要的。

此话是那样地意味深长。

发生在飞往哈巴罗夫斯克飞机旅程中的一切,或许是作家的亲身经历。让读者无比感动的是在关键的时刻,"我"敏感而勇敢地替伊琳娜将礼帽送至她丈夫手中,以及对窥视别人言行举止"阴暗"心理的自省检讨。这一切都让读者感叹"我"的高贵品质与良好教养。其实在飞机上的乘客除了睡觉,也只好无端地看人或被人看。一切暴露在公众视野的言语及行为,都会在有意或无意中被红尘中的另一位看客尽收眼底,这是一个无须探讨的问题。具体到小说现场中的一切原在情理之中的理由是:你在机舱的后排座去目视坐在你前面的乘客,你正好有这样的条件和理由。这与让被观察者感到不适的斜睨或扭身有意掉转视线等是有差别的。《伊琳娜的礼帽》虽然只是一篇不足万字的短篇,但它所包含的对人生的讥讽与感伤,深于一切言语、一切啼笑。

(2010年9月26日)

35　也谈西野的杂文

天大热,汗如雨,只想早些回去吹空调。

俺那天第一次逛西野君的"园子"时,心惊之余,不觉倒吸了一口凉气:我的娘呀,真是太有才啦!

其实俺心里早对那些石述思——怎么说呢,也是——用秋水的话说:这有学问的人呀,一显摆就让人反胃。谁敢说余大师没学问呢,还有那什么坛上的大家们,你方唱罢我登场。朱大可说什么来着,都是一拨儿说书的!

呵哈——不说也罢。

杂文与随笔的差别在于,前者笔锋犀利,要刀刀见血,要篙篙沉沙见底;后者则需阅历丰富,可亦枝亦蔓地拖泥带水。写杂文就像编段子,你不仅要语言俏皮,还要出神入化地让人捧腹大笑。这种幽默据说是本山大叔的拿手好戏,但本山的小品好像只是逗广大人民群众开心、乐一乐、笑一笑的绣花包袄,鸡蛋果子吃过了,最多也就是过个嘴瘾而已。俺从中学到现在读杂文无数,也曾想跃跃欲试,敢情和西野君一见高低。唉,人贵有自知之明,俺深知杂文对语言的苛求。你板着一张老驴脸在那儿指手画脚,自个儿就觉得别扭;你一出口就是网络语言,别人会觉得你油腔滑调;你一不小心嚼了别人吐出的甘蔗渣儿,又显得忒没主见和品位。望杂心怯,还是打打灰,叠起来吧。

西野先生呢,即便是冷嘲热讽亦不失端庄。他的杂文就像枝干分明的参天白杨,片片叶子上都透着耀眼的锐气和才气。文学修养深厚的西野,骨子里就天生了一股恣意洒脱的野性,语言从他嘴里滑出,真像是涂了油又擦了醋,一滑一个半空(此比喻出自钱锺书《围城》)。人家西野的思维,那是非线性的,它常常会猝不及防地大转弯,但又不像随笔那样漫得没边没沿。文学说到底,除了语言就是思想。西氏杂文大开大合,狂而不浮,实而不虚,泼辣而不尖刻,从不故作姿态;在一片嘻嘻笑的背面却蕴含着一个知识分子的道德坚守与独到见解。西野一路走来,他的诸多的忧思深广的杰作表明他是一个心系草根、甘愿俯身为民请命为民呐喊的正直善良之君。我感动,感动他的血始终是热的;我感动,感动他骨子里深深地爱着自己伟大的祖国。

在一片鼓噪的嘈杂声中,每每读到西野君那发自内心的文字,我不禁眼前呈现出一丝新的光亮,并时时教我自省催我自新。

文友牧青向西野先生致敬!

(2010年7月30日)

36　行走在真实的心灵上
——读江南秋水诗文感言

前几日不小心扭伤了腰,又正值盛夏酷暑,老婆带孩子去了娘家,正好一个人难得清静。开了博客就是好呀,你在网上漫不经心地瞎转悠,就像在一个大风景区里不知东南西北地行走,一会儿就不知拐到谁家园子里去了。就这样,我无意中走进了江南秋水的博客。

江南秋水的诗文像是书法家一笔挥就的潇洒墨迹,浓淡干湿的一气呵成。她谦虚地说自己的文字多是随心所欲的自言自语。一个人的文字就是一个人的心性,它与作者的生活阅历、早期成长环境、艺术修养以及对社会人生等的基本认识密不可分。这一切将构成一个人的心灵成长轨迹。我以为除却了作家真实心灵的作品,不管语言文字有多么华丽,它只能是文字的垃圾。所以说,有些写得太完美的东西反而不是上乘之作,在不断地改来改去中伤了文气。我一直认为诗与散文是需要一股上下贯通的气息,这气息的背面就是作家的内在气质。读江南秋水的全部作品都会有一种不同凡俗的感觉,挚情而大气。她可以举重若轻地把诸多生命哲学的做人理念融进她的作品里,像盐溶于水一样不留半点儿的痕迹。这种艺术境界是见真功夫的大巧如拙。读她的诗读她的文章,你能感觉到她在中外文学宝库中所吸收到的深厚学养,你更能感觉到她在此之前曾横跨过怎样的生命历程和心灵波折。并不是每一个提笔写文章的人都可以在尺牍方寸之间抒写出人生大气象的。遗憾的是许多小女子的作品多半走不出家庭个人情感世界的恩爱情愁;即便有很大阵势的作品,恰恰却又少了文字的真实力量。对一个有志于文学写作,或者说有意于借以文学滋养心灵的人而言,你一定要找到适合于你自己的表达方式。江南秋水找到了,她自称不想终生以文字为业,这就对了。不论文学有多么神圣与崇高,它最终不能当饭吃。一个男人要挣钱养家;一个女人要相夫教子,还要管理家务孝敬老人。当然,我们同时也需要为自己而活着,不可把自己的一生都牺牲在家的伟大事业中。可以看得出,江南秋水是属于那种做什么都可以做到收放自如的人,她太聪明,而且又知道如何在方圆之间辗转进退并恪守规矩,呵哈,这无疑应该是人生的一种大智慧了。

博主的文章惯于从心底的无私公正与理性道德的圣地出发,为城市的繁华与虚伪,还有她自己生活的边际及飞翔的羽翼作证,并擅于用精微丰赡的笔法为生活开掘一条呼吸的情感通道和精神捷径。

即便是独来独往的诗歌亦能舞出一片属于自己的蓝天。

关于她的诗关于她的文章,在此我就不想赘述了,您可以去用心读一读。

江南秋水还很年轻,相信她会在文学上走得很远很远。

(2010年7月28日)

37　李佩甫先生

从仰慕到真实地认识李佩甫先生，每次闭眼总能在心底快速勾勒出先生伟岸而清晰的身影。大大的镜片后是一张文人气质的温和面孔，但线条分明；他声音的底气很壮，朗朗的，是一种特有的中原味道。

前年的夏天，省作协主席团受邀前往南阳丹江口水库采风，我忝幸其列。从香严寺、坐禅谷，然后至范蠡故里，作家们一路谈笑风生。集体合影自然成了必不可少的一个程序，就在作家们齐喊"茄子"后一哄而散的瞬间，先生忽然叫住了大家：

"还有孙牧青呢。"

原来我忙着按相机快门，竟把自己忽略到合影之外了。

——那是先生于我的最初印象。

在我接触的诸多熟人故旧中，先生无疑是最让我从心底里尊敬有加的一位师长,每一次小聚,我竟会一连数日沉浸在一种特别的感念与光芒中。我也会依了这一束明亮,时时检出自身的人格缺陷与无知来。

有一次,北京的几位作家应邀到河南出席一个活动仪式。论行政级别及在文学上的成就,先生均不在列位之下。先生却这样幽默地谦虚道:今天诸位都是中央领导……

晚宴结束后先生坚持把北京客人送至二楼的电梯口。

先生一贯的精神人格本身就是一种引力和感召。省散文年会终于在岁尾于荥阳市召开,那天让我没想到的是李佩甫主席会亲临。他端了酒杯走进每一个房间,与六十多位作家逐一亲切碰杯。他的讲话精彩激昂、严谨有序,从中国散文的发展及历史渊源的角度很是高抬了散文一把。先生的一席话让在座的几十位散文作家心里甜滋滋的。之于身为文学大家的先生而言,散文仅是其茶余饭后的自我私语与心迹流水而已。我在几年前曾读过先生的随笔《我的文友吴万夫》,虽然只是一篇千字的小序,但文笔的冷峻与老辣却别具韵致,实堪今人序文中的精品。

去年深冬的一天,在一个饭局之前,先生郑重送了我一本《羊的门》。打开金黄色的封面,在扉页上有先生的亲笔签名。先生说是他手边仅存的、当年首版的最后一本书,很是让我感动。这是一本一经打开,便让你无法遏制你强烈阅读欲望的好书。我读着,整整三天三夜,深深地陷入小说的氛围中,每次的停顿也都是熬得快撑不住了的时候。这种执拗而畅快的阅读体验只是在二十多年前的青春时代才出现过。带给我如此快感的小说委实不多。究其实,真正留存于我记忆深处的中国小说似乎还有钱锺书先生的《围城》与李国文先生的《冬天里的春天》。经典作品之于你记忆的,永远是那样的刻骨与深邃。

先生常说的一句话是:作家是以作品说话的。先生话中的含义,我是深知的。先生一心只致力于自己的写作,从不张扬不炒作,不与人比高低,不参与是非之争。说实话,人到不惑的我平素是很少碰大部头小说的,原因是:若非消遣,真正去潜心阅读一部经典长篇是一件十分耗神的苦差事。偶尔勉强去翻翻国外的名著,也多半出于临时写作所需。对先生作品的认识确切地说是始于他的长篇小说《羊的门》。先生的作品让我惊叹,让我折服。

《羊的门》的魅力又岂止于其唯美温婉的语言与荡气回肠的情节呢?中原人读先生所有的作品总会读出蕴含其中的亲切来,仿佛你正置身于家乡的田垄地头,那郁郁葱葱柔柔的小草是不是同样覆盖过你少年的欢歌与忧伤?同样让你倍感亲切的还有那城市中熟悉的某个角落、某个人群乃至于某个似曾相识的面孔。一切有关文化的、地域的标记无不让他的诸多作品透着浓浓的故土情怀。

有一年国庆节的前夕,先生回复我的手机短信是:风正帆远,双节快乐。联想到自己平素那些狂言不忌的浅薄言论,真是羞愧难当。无奈有些不该说的话一经出口,想收回却很难。我知道先生心底里对鲁迅是无比景仰的。在那个年代,中国太需要像鲁迅先生那般热血的、为民请命而心忧天下的勇士。后来在先生的谆谆教诲与影响下,我又陆续读了不少关于鲁迅和钱锺书先生的著作。我承认自己对这两位文学巨人知之太少,知之太浅。

先生在完成了他最负盛名的著作《羊的门》时,正值四十六岁的人生壮年。小说对中国官场文化、人情世事的参透与洞悉,不知要比同时代的同类题材作品要深刻多少倍。从先生的身上我却寻不到一丝一毫的媚骨与世故,有的是中国知识分子的诚恳、恬淡、儒雅与节制。

关于先生的作品,当代著名文学评论家谢有顺先生这样评价道:他的作品,习惯从中原文化的腹地出发,以都市和农村、历史与现实互证的方式,书写出当代中国大地上那些破败的人生和残存的信念。他对人心荒凉之后的权力迷信所带来的苦难,有着尖锐、清醒的认识,正如他精微、冷峻的笔法,总在追问人生丰富的情状如何才能更加健旺地生长……这种叙事细密、命运悲怆并对世界怀着理想的作品,在当代其实并不多见。

  由于有了对文学的自觉担当,他的作品也因此更具震撼人心的力量,并真真切切得了当代无数陌生与熟悉读者的关注与共鸣。

(2010年1月22日)

38　认知意义与价值意义
——读马新朝《驻村札记》有感

　　写乡村的散文太多,我不想在此列举,以免放倒一大片,惹人嫌,讨人厌。读了几十年的散文,自信个大个明的,没落下一个。马新朝在何时写了这么一篇长篇散文?今天第一次看见,不揣浅薄,斗胆一句:他的这篇,是我看到的乡村散文中最好的。

　　更多的抒写乡村的散文,只是像旁观者那样的记录,缺乏作者自己的亲身体验与心灵参与。《驻村札记》是作家随手写下的,还没来得及修改润色,作家便撒手离去,魂归马营,魂归那个他为之挚爱的故土。

　　如果作者本人没有对中国官衙文化的切肤之痛,没有对中国官本位文化对中国乡村影响的深刻体悟,没有作者本人的现代人文意识的坚守秉持,那么,其文本的价值亦将荡然无存,沦为非虚构的报告文学之类。

鲁迅的写作,旨在拯救国民的精神,为社会也为当政者提供政治变革的参考。从这一点上来看,马新朝写这篇散文肯定有他想表达的东西。由于作者本人是诗人出身,他下笔的切口很小,但题旨深远,语言极具文采,读来不枯不涩。他把乡村的精神内核给打开了。他俯下身去,把自己还原成一位乡亲,不俯视,不旁观,用自己的心去换另一颗心。仅仅写苦难,写贫穷,写封闭,发感慨……是不够的,如何在呈现中有表达?如何表达?表达什么?

更多的乡村写作,看了让人反胃,你只需读上两段,就不想看下去了。马新朝的这篇《驻村札记》,像冬天里的一个火炉,让你不禁趋身切近。他知道该写啥,不该写啥。万丈高楼平地起,平地是哪儿?乡村。乡村伦理道德文化的觉醒,认知水平的提高,便是整个民族的文化自觉。

用形容《平凡的世界》的那句经典语言来赞美《驻村札记》,丝毫也不过分:高贵的文学品格,史诗般的恢宏气势,展现了二十世纪九十年代中国乡村的生活面貌与精神面貌,乡村的文化生态。路遥为了写煤矿而下井,马新朝是一位作家,他回到豫北某村去蹲点驻队一年,为乡亲们割麦,改造厕所,到上面跑钱修路……

如果他也像有些人那样,搞个类似于新闻专访或长篇记叙文一样的东西,最多也就只有史料价值,而没有文学价值。

甚至可以毫不夸张地说,马新朝的这篇还没来得及修改的《驻村札记》是新时期中国当代散文的重要收获,催人泪下,启人深思。

由于文中所叙,皆是作者所亲身经历,他所记录下的那些生命感悟是建立在人类共同的精神情怀与世界意识之中的。这样的文字,其本身就镌刻着特殊的记号,经入日,便难以忘记。

昨天我花了整整九个小时,快把眼睛看瞎了,一口气把他写的这篇六七万字的散文《驻村札记》吞下去。他在2011年(去世前不久)写的这篇散文,让人十分吃惊。在三十余年的阅读经历中,从没有读过让人如此震撼如此感怀的唯美之作。

如果一篇散文在以下几方面共同抵达,则可视为精品。

一、新鲜独特并富有感染力的经历或细节。

二、生动唯美的叙述,即文学性。

三、文化认知与文化价值,文学价值与文学史价值的双重并置。

四、文本的客观性。在遵守叙述事实的同时,更倾向于心灵与灵魂的精神抒写。

《驻村札记》全达到了。这篇作家还没来得及修改的散文,在不久的将来,会在中国文学史上重重地留下一笔。马新朝也将因为这篇散文,重新确认他在当代文学中的位置。他的散文超过了他的诗歌。

这篇散文共16小节,每小节约四千字左右。

马新朝是省作协副主席,省诗歌学会的会长,省文学院享受高校二级教授待遇的专业作家(副院长),尽管他也是体制内的人,大小也算个处级干部,但他没把自己看作那个高高在上的人,他始终认为自己来自乡村,待在马营,待在丫头坪村,更自在。

所以,马队长一到丫头坪村,第一眼让他看着别扭的就是建在全村最高处、又安在那个最高的水塔上的那个高音喇叭!那个随时会聒噪而让人大吃一惊的玩意儿,首先把它取下来。

作者在丫头坪村前后待了整整一年,都见了哪些事?听到了哪些事?又亲历亲为了哪些事?

哪些事写出来是读者所感兴趣的,并且是有精神力量的?

这些都应该是作者所权衡并酝酿已久的东西。

人与人之间的和谐共处,首先是尊重,然后是责任。尊重对方的情感,尊重对方的隐私,尊重对方的权利。

我们首先来看工作队的马队长是怎么对待妨碍村集体修路而拒绝拆迁的"钉子户"的?

马队长看着雨天漫半腿泥、晴天包住脚的土的烂泥路,心里着急啊。他跑回省里求他的领导,他的领导又去求更大的领导,修路的钱总算跑来了。找人规划好了,要修一个丁字马路,而在丁字拐弯处,有家农民刚起了一处新房。

马队长一个人悄悄地去了那位老乡家,他还没开口呢,那家女主人便呜呜地哭开了。是啊,这三间房建起来,说不准就是他们家半辈子省吃俭用的积蓄啊。

怎么办?村里补些钱,让他们另起炉灶?可村里哪来的钱呢?哪有啊?唉……

前几天有人举报村主任向施工队索要三千元钱回扣的事……嗯,回头得搞清楚。

三天后,那户老乡的房子自行拆除了。村主任说,咋办呢,我一个人做了主,只有这么弄,反正钱没装我兜里,将来上面查,我一个人扛着!

与马新朝先生接触过的人,都有一种印象,他的善良,他对人的理解包容,他对人的平等意识等,这一切溶在了他的血液里,就构成了作家本人对美好情感的强烈追求,对高贵灵魂的不断修炼,尤其是他对周围人的尊重。

比如,他为村里改造厕所的事。他跑回省里,找到省农科院的人帮村里设计简易缸体厕所,并跑到了两万多元钱。马队长修厕所,不像赶农民进城,也不是全民电商,让个体户(城市国企下岗工人)与农民工们无工可打。马队长又是怎么做的呢?

他对农民兄弟们讲,每个厕所按图纸要求设计并建好,到村部来每个可领取200元的建造费(之前已核过成本,刚好)。他离开丫头坪村时,还有十几户没建。看看,什么叫现代人文关怀?不强求价值观的一致,尊重每一位的话语权与选择权。

文中精彩的地方很多,感人的地方也不少,尤其是写村主任的那条大黑狗的那一节。马队长刚去村里时,乡亲们与孩子们见着驻队干部就躲,狗见到他们这几个陌生人都"汪汪"。村主任家的那条大黑狗知道主人喜欢谁不喜欢谁,它当然是村主任的铁杆"粉丝"了!

"大老黑"有时晚上也会去村部嗅嗅蹭蹭,马队长吃肉时,它馋得两眼发直,马队长就把碗里好吃的分享一些与大老黑。谁也没想到,这狗是最没原则与立场的东西,谁天天喂它好吃的,它就认谁。时间长了,村主任的大老黑,变成了马队长的大老黑!易主了!

刚开始,乡亲们都叫马新朝为马队长,可叫着叫着,有些乡亲感到这种官称喊着太疏远,不如叫"老马"家常、亲切。乡里的一位副乡长听说了,专门下来纠正一次,纠正也不成。

有一位新媳妇,手抱两岁的孩子见了老马,说:你替俺看会儿孩儿,俺去赶个集去!

不等老马发话,孩儿已丢在了他的床上,人一扭身,没影儿了!

中间那个大老黑在使劲地"汪汪",老马心想:什么事呢?你叫什么呢?

搞了半天,是那个熊孩子在床上撒尿了!

我曾翻过《巨流河》,也关注过被圈内炒得很热闹的某非虚构文学等,包括二十世纪九十年代的所谓文化散文,以及打着各种标签的林林总总的散文……说句客观公正的话,那些散文与马新朝的这篇《驻村札记》相比,都差得很远,差得很远。

《驻村札记》首先是客观真挚的写作,其次是先进文化价值理念之下的心灵写作与灵魂写作,最后是空灵诗性的浪漫写作。这篇散文是集乡土体验(不是经验)、乡土文化、人类共同价值观与丰富的文学性于一体的高贵的精神抒写。

时光后记
——新作《散文的气质》出版之感言

吴冠中先生说：如果一个孩子，他喜欢绘画，宛若拿开水浇草上都烫不死，就让他去搞。

少年多舛，体弱多病，好静少动。每逢班里体育课，我就背了书包早早回去了。在我童年的记忆中，我妈从来没打过我，甚至没有对我说过一句重话。她不识字，累极了，就自言自语道：我这个老丫鬟不会伺候你们一辈子。我长得像我妈，在我而立之年后，干脆自诩我是我妈的儿子。她离去已整整四年了，我时常想起她，心若刀绞，苦涩难言，黯然神伤，乃至于嚎啕大哭。她在七十五岁时心脏不好，每次犯病，抽搐不止，都拉到县医院对付几日，数年的身心折磨，勉强活到八十五岁。她去世之前，耳不聋，眼不花，牙齿尚能嚼锅巴，我恨我自己太糊涂，为什么不早些拉她到大医院检查清楚。不是她不该死,而是她走时受尽了现代医疗非人的摧残,让我这个做儿子的心灵一辈子不得安宁。

谁说理智就可以战胜一切情感呢?

在我妈生病的那十几年里,我大姐、二姐对我妈奉献得最多。有人说养儿防老,wrong,养女防老。儿子只会干巴巴地给俩钱,生病时能守着妈的多半是女儿。在我妈命悬于线的最后几年,几乎是我二姐一个人在扛,兄妹们心里都有数。我妈去后,二姐又是一个人在孤零零地守着阵地,这边是年近九十的她的亲生父亲,那边是年已过百的她婆婆。我知道二姐的一番苦心,她是在分担我们兄弟肩上的重任。

我在十三岁时,因为通宵达旦地看小说,最后人神经了,睡不着觉,不得不休学两年。

1959年,信阳砍大锅,我哥在八岁时不幸夭折。据说他死时,胸前小口袋里还剩半把炒面皮。我哥的早殁,成了压在我妈心头之上的巨石。她每叙说一次,就痛哭一场。轮到我出生时,我就成了父母眼中的宝贝蛋。我妈生怕她儿子冻着,缝了一件红里黑面的粗布双层小夹袄,让我从秋穿到冬,我父亲说:小孩这三天两头地感冒,都是厚衣服焐的。不是吗?路上走学,一听学校的上课铃响,使劲儿疯跑,满头大汗,在那里一坐,汗干后,人就伤风感冒了。用家乡的话讲:闪汗了。

父亲曾不止一次痛心疾首地对我说:文学这东西,既不管饥,又不管饱,伤身劳神,你怎么跟鬼魂缠身似的,非要死逮住不放!

后来他见说也不管用,这个狗崽子从鬼门关里逃了出来,怎么又死灰复燃了?他深深地叹了口气:唉,儿大不由爷!我也不养你一辈子,去去,爱干啥干啥!

1977年我读的那个乡下初中(初中二年制)倒是出了好几个励志的楷模:班里的全能学霸马中国去了美国,现在是田纳西州大学土木与环境工程系的终身教授;湖南大学考上一个;河南师范大学考上一个。那时我经常感冒,一耽误就是一星期,成绩一般。只是班长需要在校大会登台发言时,才会私下里对我小声说:发言稿还是你来写吧。我现在还记得我把发言稿交到她手上时的情景。她那天穿了一件淡黄底色缀以细碎深红花的对襟上衣,这件外衣是罩在棉袄外面的,两个肘部分别打了补丁。她见了我也没说话,涨红了脸,我悄悄把稿子交她手上,一转身就飞快跑掉了。不知什么原因,她也没考上大学。

如果不是后来我插班复读时,同学刻意把他的皮肤病传染给我,当年以我的成绩,估计考个本科的中文系应该不成问题。1982年的秋天,我被商城县高中录取,在六十多人的木板大通铺上一夜没合眼,神经衰弱,睡眠需十分安静。次日晨,我对另两位同学说:"我要回去。"峰说:"你没钱吗?没钱我借给你!"我没吱声,还是走了。也许我每晚吃些安眠药,适应一段时间就过来了,那时我身体很好。峰与权的成绩比我稍好一点,我与权都是班里前四名。峰后来考上了河南农业大学。权后来考上了西安公路学院(即现在211工程院校长安大学的前身),他的英语很好,毕业后在小浪底工程待了好些年,可能是感到人不能尽其才,再后来技术移民去了加拿大。

也许是我没读过大学的原因,我在骨子里发誓:我一定要付出百倍千倍的努力,闯出生命中另一条属于自己的路。

2008年是全国流行开博客的时代,王剑冰先生不止一次地对我说:"牧青,你也开一个吧。"

开一个,就开一个。

那些年,全国的经济形势非常好。我整天的工作就是出远门转悠,自己把自己变成了"专业作家"。春天去黄山,夏天去重庆,秋天回老家,冬天去三亚。一个人只有不断地在外面行走,才可以有新的发现与灵感。刚开始是一个月写一篇文章,接着是半个月,一周,三天,以后就步入了快车道,几乎天天都可以写。

博客面对的是全国的作家与文学爱好者,不敢有任何的敷衍。你一偷懒,文章的点击率就下去了,自己都感到脸发热。全国的许多文学老前辈都在开博客写作,二十世纪九十年代的畅销书作家胡小胡,中国当代著名作家李杭育,当代散文界的大姐大筱敏,著名诗人、散文家马新朝等,都是那些年在博客上认识的。对方会过来看一看你的文,如果差不多,才会聊几句。博客把全国的写作者自然地分了三六九等,各人心里有数。前几天老作家李国文先生仙逝,一个名不见经传的接近一九五〇年出生的人,在文中称国文先生一口一个老兄,听来总是那么刺耳。在中国当代文学界有一个很特别的断代辈分差,即"60后"作家读"50后"作家的书。张炜是"50后",许多"60后"在二十世纪八十年代读过他的《古船》。

开博客八年,大约写了一百多万字。先后不计粗陋浅薄地妄言评过几十位全国各地中青年作家的散文,如瘦谷(赖大安)、中原毅剑(张建国)、嘎玛丹增(唐旭)、宋烈毅、傅菲、塞壬、高艳、丰灵(侯晓萍)、江南(褚金鑫)、李梅等的散文。他们都表示认可。是他们或唯美或沉郁的文字打动了我,让我有话要说。也有知名作家约我写序的,我说:"你为什么找我这个无名的写作者作序呢?"

他说:"我不喜欢那种嘛熟(注:四川方言,即模式化)的语言。"

在开博客写作的那些年,我的博客的总点击量二十多万次,在全国纯文学写作这一块,属中等偏上。我不太喜欢投稿发表,嫌太费劲。当年那些时常过来踩踩蹭蹭写日常烟火气的"70后""80后",现在有许多都已成了全国文学名刊大刊的主力作家。我现在的生活状态基本上是早晨写作,白天集中精力干正事,晚上看书,也拿手机消遣。属于那种以入世之心干出世之事的双栖人。用刘耀平兄的话讲,就叫有心动的就写一写,从不强词说愁。随着年龄的增长,看文学类的书越来越少,我更喜欢看经济类的文章。哈耶克、顾准、吴敬琏、许成钢、许小年,都是我喜欢的经济学家。有时也会翻翻哲学类的书,或听听视频讲座,我特别喜欢维特根斯坦与邓晓芒。文学类,只对钱锺书的百看不厌,看了几十年了,还是他的。几乎从来不看电视,我们家的电视机就是个摆设。在我的印象中,中国影视剧的高峰,只有《英雄儿女》与《亮剑》,后来的影视剧,好像还没有超越这两个的。前者看过七八遍,后者也看过近二十遍。电视剧《平凡的世界》拍得也非常好。我不喜欢《红楼梦》,也不喜欢马尔克斯写的那个干枯僵硬的《百年孤独》,还不喜欢卡夫卡、博尔赫斯与米兰·昆德拉的小说。我喜欢看伍尔夫、卡尔维诺与斯蒂芬·茨威格等人的小说。中学时代喜欢契诃夫与鲁迅的。我觉得文学作品,首先要有语言的美感。天才型的作家对我更有吸引力。

兹厚颜罗列个人大事记:

2008年汶川地震捐款,上了全国各大媒体头条与中国作家协会网(那些喷子千万别说他人不够正能量,他有多爱国云云)。2009年获全国冰心散文奖,同年冬参加全省青年作家创作会。2011年担任省散文学会秘书长,次年散文集《三亚别恋》出版。2012年,完成26万余字的军事题材长篇小说《远山落日》,在此之前曾采访过多位解放军高级将领。中间凡散文、小说、文学评论、随笔及历届省散文年会发言稿等,三百多篇。

文学写作是一件十分辛苦且熬人的事,在那些年我从没在凌晨两点钟之前睡过。早晨起床,刷牙洗脸后,屁股钉在椅子上,六七个小时不待动的。在六七年间,把四个多普达智能手机的屏都写花了。至今在我的抽屉里还躺着那四个从滚烫的枪膛里退出来的"弹壳"。(吹嘘了,哈!)

后来见有许多编中学生教辅的人关注我的博客,只要见文学评论一出来,他们就开始收藏。刚开始我很纳闷,后来偶尔在网上看到我的文章变成了别人的文章。哦,他们自己不懂文学欣赏,无米下锅,专门在我这里借鸡生蛋呢。

2015年以后,已不能写博客了,韩寒等许多人都转了行。原来的一些文章尽管也发表过,新浪后台也审过,但还是被加密了。

说句实话,现在能真正潜下心来看别人的文章,能从文本出发,阐释解读其思想价值与写作技巧的文学评论,简直是凤毛麟角。而许多中学老师想找到范文并不难,难的是不知如何向学生们讲解。对学中文的大学生与热爱语文的中学生而言,也同样存在这样的问题。

我经常见到网媒上有许多大学老师与文学网红在讲古诗词,他们多半只解其意,而无力解构其艺。如果老师在讲一篇散文或小说时,对其结构技巧与语言表达艺术看不明白,或一知半解,学生永远不会写作。而脱离了范文的讲解,也同样会沦为镜中花、水中月。

那么学院派的中文教授与作家的课堂,其差别又在哪里呢?后者有写作体验。就像排球教练郎平,她是运动员出身,知道球怎么打,技巧在哪儿。

在文学界也有不少多面手,既能写散文、小说,也能写文学评论,像周大新、李佩甫、李洱、田中禾、周百义。这方面的全才,还就数河南的多。茅盾文学奖,河南省共拿下九个,居全国之首,是真正的文学大省兼文学强省。中国当代文学的第一把交椅肯定是三秦大地陕军,他们为当代文学奉献了柳青、路遥、陈忠实、李汉荣、杨争光、红柯。其次应该是山东军,他们有莫言、张炜、刘烨园等人压阵,尽管人数不多,但灯泡的亮度却很高。河南应该位居第三。依我看,文学老四非湖北省莫属,二十世纪八十年代写长江三部曲的鄢国培,后来的刘醒龙、余秀华、土家野夫。中国现代文学,肯定是浙江最厉害,那里出了鲁迅与钱锺书。

一个作家,著作等身,有用吗?必须得有打动人心的名篇留下来。

文学是心灵的抚慰剂,在你痛苦不堪,直想跳楼的时候,就打开《平凡的世界》读一读吧,它可以拯救你的精神与灵魂。

拙作苟于成书,亦得益于早年对美学与文学批评的热爱。我不是那种为了亲疏与媚上而信口开河的人,我觉得那样会践踏自己的人格,只唯作品,不愿说一句违心的话。这是一个写作者对读者所负的责任,也是写作者对自己的颜面的呵护。把一坨臭狗屎硬吹成一朵花,砍我一刀也坚决不干。

写作于我,非功利驱之,不求发表,亦不求扬名立万,唯不知天高地厚、壮志凌云、九死未悔、痴心难改矣。若干年之后我也会化为一缕青烟,魂归故土,幸留片言只语于后世,他们借此可以窥见父辈一生的坎坷经历与心灵之旅,此一愿也。若能从中得到某种思想启示与精神激励,修身立人,达观于世,此二愿也。

天还没有亮,寒气正透过窗户漫过全身。黎明前的隆冬,耳边隐隐传来几只昆虫的鸣叫声。

于 2022 年 12 月 4 日晨